中国学生成长速读书

总策划／邢涛　主编／龚勋

智慧卷

学生成长必读的100个

经典好故事

汕头大学出版社

目录

Part 1 Wisdom Stories
第一章 智慧故事

- 8　阿凡提智惩财主
- 10　爱迪生救妈妈
- 12　曹冲妙计救人
- 14　成吉思汗赛马计
- 16　聪明的小鹿
- 18　第七枚戒指
- 20　独具匠心
- 22　甘罗救祖父
- 24　华盛顿找马
- 26　华佗拜师
- 28　机智勇敢的班超
- 30　纪晓岚智解"老头子"
- 32　枯井里的驴子
- 34　李世民救父
- 36　买马骨
- 38　妙招识间谍
- 40　墨子退兵
- 42　拿破仑救人
- 44　区寄智杀强盗
- 46　巧计讨工钱
- 48　巧计追金印

CONTENTS

50	巧辱西太后
52	巧嘴东方朔
54	商鞅南门立木
56	谁认识的人多
58	司马光砸缸
60	孙亮明辨老鼠屎
62	所罗门判子
64	田忌赛马

Part2 Encouragement Stories
第二章 励志故事

68	把自己吊起来的人
70	布鲁斯和蜘蛛
72	不用麻醉药的手术
74	陈景润的几麻袋草纸
76	打开另一扇心窗
78	店小二的书法
80	"断齑划粥"苦读书

目录

- 82　钢铁战士
- 84　"过目成诵"的苏东坡
- 86　画鸡蛋的孩子
- 88　纪昌学箭
- 90　口吃也能成演说家
- 92　《昆虫记》的诞生
- 94　浪子回头
- 96　立起来的鸡蛋
- 98　练剑
- 100　练习跑步的小鹿
- 102　连续三十八年的日记
- 104　鲁班学艺的故事
- 106　鲁迅的秘密武器
- 108　孟轲逃学
- 110　墨汁馒头的故事
- 112　牧童画家——王冕
- 114　农夫的遗产

CONTENTS

116	桥梁专家的诞生
118	勤奋的玛丽
120	塞纳河上的灯塔
122	三年不见老师的学生
124	"三余"时间苦读书
126	"傻子"学者
128	上天的恩赐
130	十年成一画
132	手不释卷
134	四万次试验的收获
136	苏格拉底收徒

Part3 Invention Stories
第三章 发明故事

140	"江湖骗子"传播麻醉剂
142	华佗治酒鬼
144	垃圾堆里"长"出不锈钢
146	李林塔尔学鸟飞行
148	列文·虎克化验"上帝之水"
150	莫尔斯遭遇风暴
152	帕潘煮熟高原土豆
154	普利斯特里"养"甲虫
156	巧克力熔化引出的微波炉
158	琴纳借牛治人

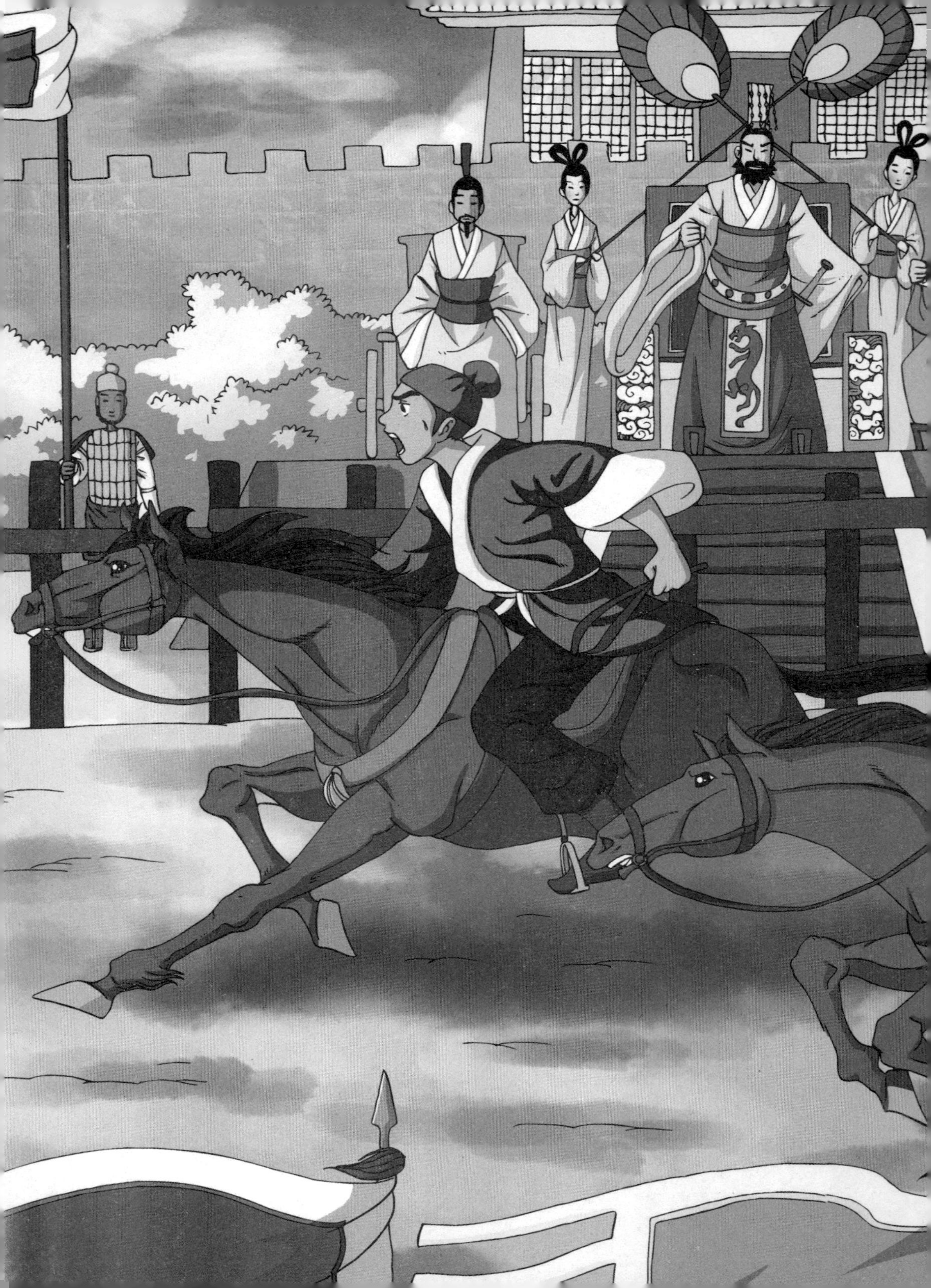

第一章
智慧故事

Wisdom Stories

在历史的星空中，总有几颗明星格外耀眼，因为它们闪耀的是智慧的光芒。纵观古今，博览中外，人们最崇拜的是高明的智者，最津津乐道的是启迪心灵的智慧故事。这些智者及其智慧故事，总能给我们以启示，让我们学到很多知识。

爱迪生在妈妈做手术光线太暗的情况下，想到用镜子来反射灯光，那么，你善于开发利用身边物体的特性吗？区寄在被强盗绑架的情况下，沉着冷静，让强盗放松警惕，从而逐一杀死了强盗，在那种危急的情况下，你会如何使自己脱险呢？拿破仑遇到士兵落水，拔出手枪以死相威胁，从而激发出士兵的潜能，你在别人有难的情况下是怎么做的呢？此外，还有司马光砸缸救人、孙亮明辨老鼠屎……这一个个故事，为我们开启了一扇智慧的大门，让我们沐浴在智慧的光芒中。要知道，拥有智慧，并能够巧妙运用智慧的人才能成为一个成功的人。

阿凡提智惩财主

阿凡提是中国维吾尔族民间传说中的经典人物。他诙谐幽默，又十分聪明，专爱打抱不平。

从前，有一个财主十分贪婪。他雇佣了许多长工给自己干活。每天天不亮，他就敲敲打打地把长工们喊起来，一直到天都黑透了才让他们回去休息。就连每天的饭菜，财主都尽量克扣，不让长工们吃饱。

不但如此，每到年底的时候，财主还想尽一切办法找茬儿，少给长工工钱。时间一久，大伙都知道了财主的为人，谁也不愿意给他干活了。这回，财主可傻了眼，不知该如何是好了。

于是，财主到处求人，说尽了好话。后来，几个忠厚老实的乡亲实在不忍心看到财主满地的粮食都收不回来，就又回到了财主家。可没过几天，财主就恢复了本性，结果，长工们纷纷离去，再也没人上他的当了。

这一天，财主正愁眉苦脸地靠在门口，忽然见阿凡提走了过来，他连忙迎上去："阿凡提，快帮我想想办法，没人肯给我干活了。"

阿凡提早就听说了财主的事情，他这次就是专门为惩罚财主而来的。于是，他假装热情地对财主说："怎么没人啊？我今天就是来帮你干活的。"

财主一听，惊讶地睁大了眼睛：

阿凡提对财主说，他可以为财主干活。

"你？你来帮我干活？"

"是啊，怎么，您觉得我不行吗？"

"不是，不是。"财主忙摆着手说，"只是，你怎么会帮我干活呢？"

阿凡提装模作样地叹了口气："不瞒你说，最近我手头有点紧，所以才来找你帮忙。"

"哦？是吗？那好吧，不过，这工钱怎么算呢？"

"随便，我什么都能干，只求吃口饱饭。至于工钱，您愿意给多少就给多少吧。"

财主一听，乐坏了，心想："这不是天上掉馅饼吗？他说愿意给多少就给多少。哼哼，到时候我让他一个子儿都拿不到，看看到底是谁聪明。"

"那好，就这么说定了，你就留下吧！"财主眉开眼笑地说。

日子很快过去了，阿凡提果然勤勤恳恳，什么事都抢着干，令财主十分满意。

一天，财主对阿凡提说："我有事情要出去，我不在家的时候你要把院子打扫干净。我回来的时候院子的地面要是湿的，大门也要看好。听清楚了吗？"

财主被油滑倒在地，再看阿凡提身上背着门板，气得七窍生烟。

阿凡提说："知道啦，老爷。你就放心走吧！"

财主嘱咐完，就出门了。等财主走后，阿凡提把财主家里所有的油罐都拿出来，把里面所有的油都泼到了院子里。

中午，财主从外面回来了，他刚迈进院子，就滑倒在了地上。

"阿凡提！阿凡提！"财主生气地大喊。

阿凡提走出来应答："老爷，你有什么吩咐？"

"这院子里究竟是什么东西，怎么这么滑？你究竟都干了什么？"财主咆哮道。

阿凡提不慌不忙地回答道："你不是说，等你回来时院子里必须是湿的吗？我就把油洒在地上了。你看，到现在地面还没干呢！还有，你让我看好大门。你瞧，我一直把它背在背上，一点都没损坏。"

财主这才发现大门被卸下来了，正被阿凡提背在背上，顿时被气了个半死。

成长时光

阿凡提抓住财主讲话的漏洞："地面要是湿的"，被阿凡提故意理解为只要把地面弄湿就可以了，所以他就把油都泼到了院子里；"大门也要看好"，被阿凡提故意理解为让大门不受损伤，所以他就把门拆了下来。阿凡提通过这个小计策，狠狠地惩罚了贪婪的财主。我们应该向阿凡提学习，运用聪明才智来惩罚恶人。

爱迪生救妈妈

爱迪生是20世纪最著名的发明家之一，他的一生共有约两千项创造发明，这些发明有我们生活中非常熟悉的电灯、电影、留声机等。爱迪生为人类的文明进步做出了不可磨灭的贡献，因此被人们誉为"发明大王"。

爱迪生的天才头脑在他童年时就显现出来了，他当发明家的梦想缘于童年时的一次突发事件。

在一个冬天的下午，爱迪生的妈妈突然病了。病情看起来很严重，妈妈的脸色苍白，豆大的汗珠从额头上滚落下来。爸爸非常着急，想把妈妈送到医院，可外面狂风呼啸，飘着鹅毛大雪，所有的道路都盖上了一层厚厚的白雪，根本没有办法把妈妈送出去。没有办法，爸爸只好把医生请到家里来。

医生到来时夜幕已经降临，经过他

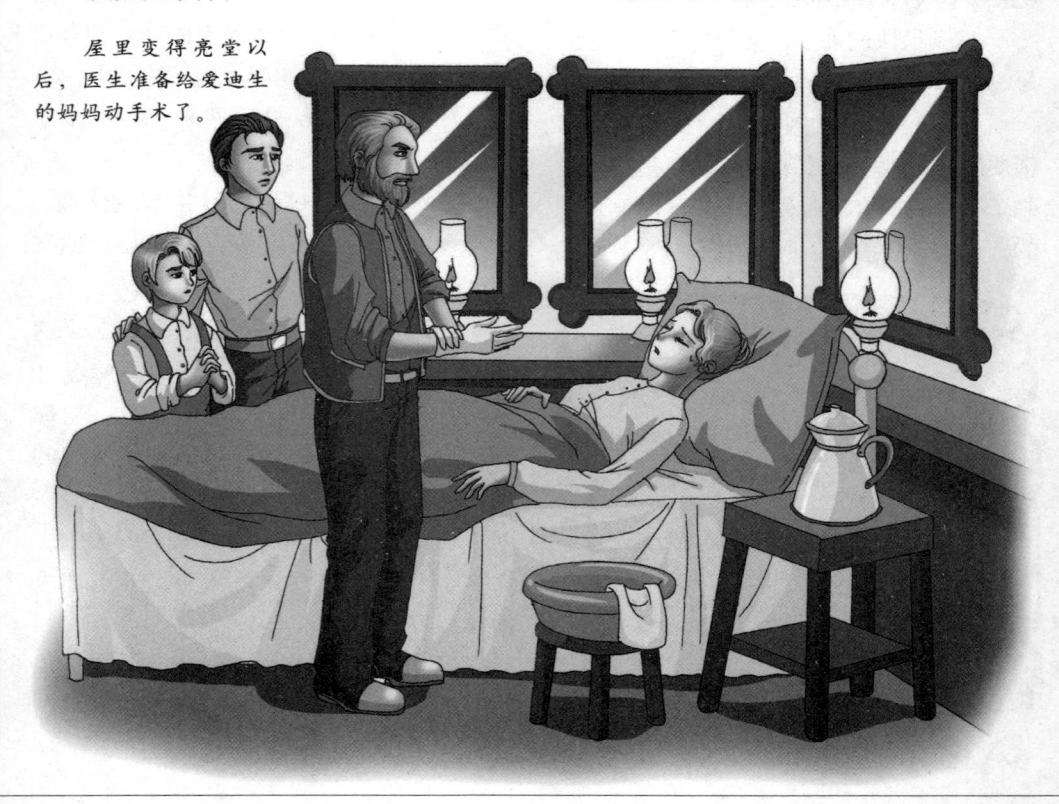

屋里变得亮堂以后，医生准备给爱迪生的妈妈动手术了。

的仔细检查，发现爱迪生妈妈得的是急性阑尾炎，需要马上动手术。

手术需要充足的光线，可是天色已晚，而且当时还没有电灯，家家户户夜晚照明用的都是油灯。油灯的光线很暗，用油灯照明做手术很危险，一个细小的差错都有可能危及病人的生命，医生犹豫了。

妈妈的痛苦在加剧，在油灯的照映下，她的脸色惨白，已完全没有一点血色。爸爸见此情景，心急如焚，可实在想不出办法，只能无可奈何地搓着手，爱迪生焦急地站在一旁，妈妈痛苦的表情深深地刻在他的心里。

突然，爱迪生眼睛一亮，说："医生，我有办法了，您准备好动手术吧！"说完，他冲出了家门。不一会儿，爱迪生回来了，手上多了几盏油灯，原来他向邻居借油灯去了。

所有的油灯都点亮了，可是光线还是达不到要求。如果要做手术的话，只能把灯在动手术的地方围成一圈。医生看着这飘摇不定的灯光，摇了摇头，说："这些灯围一圈挡手呀，手术刀很容易划错地方！"

爱迪生说："您放心，我会让您顺顺利利地做完手术的。"话刚说完，他就去别的房间搬来了几面大镜子。只见爱迪生把镜子放在妈妈的床四周，并在每一面镜子前都放了一盏点燃的煤油灯。这样，光线射到镜子里，又反射到妈妈的床上，既不挡手，亮度又足。

医生看了很高兴，连声夸奖爱迪生："孩子，你真是个天才。"说完就给爱迪生的妈妈打了麻醉剂，然后熟练地开始了

因为爱迪生的聪明机智，妈妈得救了。

手术……整个手术很顺利，没有遇到什么意外。在麻醉药的作用下，妈妈也一直很安静。医生收起他的手术刀后，用赞许的语气对爱迪生说："孩子，是你用智慧救了你的妈妈。"

妈妈醒来了，虚弱的脸上露出了自豪的笑容。爱迪生就是她的骄傲。爱迪生拉着妈妈的手，一本正经地说："妈妈，晚上没有太阳多不方便，我要造一个晚上的'太阳'。"

后来，爱迪生经过艰辛的努力和尝试，实现了他的愿望，终于发明了晚上的"太阳"——电灯。

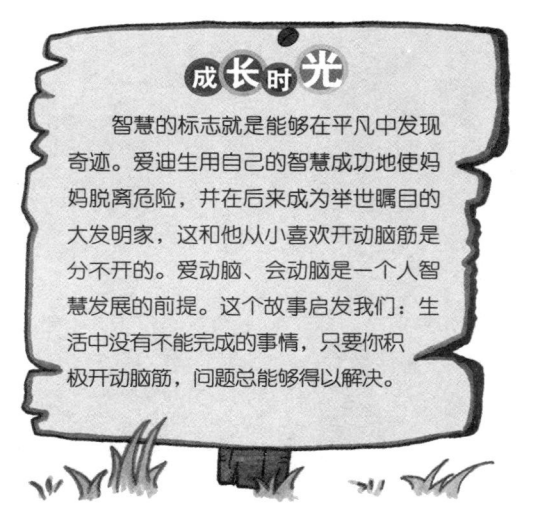

成长时光

智慧的标志就是能够在平凡中发现奇迹。爱迪生用自己的智慧成功地使妈妈脱离危险，并在后来成为举世瞩目的大发明家，这和他从小喜欢开动脑筋是分不开的。爱动脑、会动脑是一个人智慧发展的前提。这个故事启发我们：生活中没有不能完成的事情，只要你积极开动脑筋，问题总能够得以解决。

曹冲妙计救人

曹冲是三国时著名政治家曹操的儿子，他自幼就表现出过人的聪明才智，因而很得曹操的疼爱。

曹操有一具心爱的马鞍，一直由看管仓库的库吏保管着。一天，库吏发现马鞍被老鼠咬坏了，料想曹操肯定不会饶他，吓得面如土色。最后库吏决定把自己捆起来，主动去曹操面前请罪。

这时，恰好小曹冲跑到仓库中来玩，看到库吏害怕又伤心的样子，就问起了缘由。库吏把这件事情告诉了他，曹冲也担心起来。他深知父亲脾气暴烈，为了这件事，很可能会将库吏治罪甚至斩首。曹冲想，马鞍坏了，还可以修补，或者再做一具，人要是被杀了可就再也救不活了！况且，这还会连累到他的一

库吏看到曹操心爱的马鞍被老鼠咬破了一个洞，吓得面如土色。

家老小呢。

曹冲想了想，让库吏先不要到父王那里去请罪，也不要声张，接着他又凑到库吏耳边低声地说了几句话，就走开了。

回到家里，曹冲拿出刀子，将自己常穿的一件衣服一下一下地刺破，使衣服看上去就像被老鼠咬过一样。

第二天中午，曹冲见父亲正闲来无事，就赶紧穿上那件破衣服，装出很不高兴的样子，来到曹操跟前。曹操看到自己心爱的儿子哭丧着脸，连忙问他有什么心事。曹冲扑到父亲怀里，指着身上穿着的有很多破洞的衣服说："父亲，人们都说，衣服让老鼠咬了就不吉利。昨晚我的衣服被老鼠咬破了，是不是会发生什么不吉利的事呀？"

一向不信鬼神的曹操，用手抚摸着曹冲的头，哈哈大笑，安慰曹冲说："好孩子，这些都是民间的无稽之谈，你不要相信。况且老鼠本来就很喜欢咬东西，区区一件衣服破了可以重新做一件，别再为这点小事苦恼了。"

曹冲这才如释重负地对曹操说："多谢父亲指教，是孩儿太无知了。"

没过多久，库吏就手捧马鞍慌慌张张地跑来，刚到门口，便"扑通"一声跪在地上，战战兢兢地对曹操说："丞相，小人罪该万死，一时疏忽，没看管好您的马鞍，让老鼠给咬了，请您治罪。"

曹操闻言，脸色一变，正要发作，却见曹冲正在望着自己。曹操忽然想起刚才开导曹冲的话，他稍作停顿，转而哈哈大笑，他对库吏说："冲儿的衣服放在身边尚且被老鼠咬破，何况那挂在仓库里的马鞍呢！回去吧，以后看管库房时多加小心就是了。"库官连忙叩头谢恩，并弓着腰退了出去。走出屋后，库官已惊出一身冷汗——这在平时可是要被处以死罪的呀。

就这样，聪明善良的曹冲帮助库吏躲过了一场大难。

库吏进来禀报曹操说他的马鞍被老鼠咬破了。因有曹冲在场，曹操想到自己刚开导儿子的话，也就饶恕了库吏。

成长时光

很多时候，人们不是不懂道理，只是事情一涉及到自己的利益，对是非的判断就会受影响。马鞍被老鼠咬坏，管库房的官员虽然有责任，但罪不致死。不过如果用这种理由向曹操解释，曹操肯定听不进去。曹冲巧设妙计，让曹操自己将这个道理先讲了出来，这时库吏再来禀告马鞍的事，曹操自然就会赦免他了。

成吉思汗赛马计

成吉思汗本名铁木真，是中国古代杰出的军事家、政治家。铁木真于1162年出生于蒙古部落的贵族世家，在他九岁时，父亲遭世敌下毒身亡，少年时代历经艰难坎坷，铸成了他坚毅勇敢的性格。

历经多年征战后，铁木真于1206年建立了大蒙古国，号成吉思汗。他曾率领蒙古大军东征西伐，使中国的版图扩大到了前所未有的程度。

和许多杰出人物一样，成吉思汗的才能在童年时就已经有所体现。

成吉思汗的家住在晴空万里、一望无际的大草原上，那里的人们有着游牧民族所特有的习性：好骑马、善游猎。每当有什么欢庆活动，他们总要举行一场赛马比赛。

以前每次赛马的时候，选手们总是选择最快最好的骏马，然后鼓足力气，策马扬鞭，马儿也争先恐后，奋力疾驰。但这次比赛好像与往常有所不同。

比赛已经开始了，可骑手们不但不策马扬鞭，反而死死地拉住马的缰绳。有的甚至让马匹在原地踏步。观众们也交头接耳，没有表现出以往观看比赛时的激情。

这是怎么一回事呢，是比赛的赏金不够高，骑手们都不愿意参加比赛吗？

原来，这是一场特殊的赛马比赛。

比赛开始后，骑手们不但不策马扬鞭，反而死死地拉住马的缰绳。

在成吉思汗的建议下，选手们调换了马匹。一时间，大家策马扬鞭，争先恐后地冲向终点。

因为成吉思汗的父亲统治的部落打了一个大胜仗，为了庆祝胜利，他特意安排了这场别出心裁的比赛。和以往的比赛不同，这次比赛的规则是：最后到终点的马获胜。

夜幕渐渐降临，天空中已经点缀了几颗耀眼的星星，可比赛依然没有什么进展。为了取得胜利，骑手们谁也不愿意向前挪动一步。

眼看着天就要黑了，观看比赛的观众已经等得很不耐烦了。一场欢庆的比赛眼看就要变成无聊的耐力比拼。

成吉思汗的父亲也后悔自己不该别出心裁地搞这种比赛，但话已出口，无法更改，怎么才能化解这种僵局呢？他只好传令下去："谁有办法尽快结束比赛，将得到重赏。但是，原定的优胜条件不能改变，必须是跑得最慢的马获胜。"

部下们绞尽了脑汁，还是想不出什么好办法。这时，幼小的成吉思汗胸有成竹地站起来，跑到骑手跟前叽叽咕咕说了一番，然后重新发出了比赛的口令。

这时，只见原先磨磨蹭蹭的骑手们纷纷拼命地扬鞭策马，向前飞奔，唯恐落在别人后面。一时间尘土飞扬，观众的情绪重新被调动起来，他们纷纷为喜欢的骑手加油助威。

比赛在眨眼之间就结束了。结果也很快出来了，而跑得最慢的马依然获得了优胜。这又是为什么呢？

原来，成吉思汗对赛马做了重新安排。他让骑手们互换了马匹，因为赛马的胜负只以马计，不是以骑手计。这样一来，每个骑手都希望自己驾驭的别人的马跑得最快，使自己的马落在最后，从而取胜。

人们知道了成吉思汗的出奇计谋后，无不称赞他聪明机智，智慧过人。成吉思汗的父亲也为有如此聪慧的儿子而感到自豪。

成长时光

小成吉思汗非常聪明。他没有直接去攻克难题，而是巧妙地修改了规则。他让骑士们互换马匹，这样做既符合比赛规则，又保留了原来的优胜条件。这样就改变了骑手们不肯向前跑的现状，尽快结束了比赛。我们在生活中遇到不好解决的难题时，不妨换一种思路，也许那样你就会豁然开朗。

聪明的小鹿

山林里住着一只顽皮的小鹿,她和住在对面山上的小松鼠是好朋友。他们经常在一块儿玩。

夏季里的一天,小鹿又想偷偷溜出去找小松鼠玩,但妈妈劝阻她说:"孩子,不要老是一个人跑出去玩,外面很危险。"小鹿对妈妈的话不以为然:"不会的,我经常和小松鼠一块儿玩,从没遇到过什么危险。"

妈妈见小鹿这么漫不经心,就严肃地批评她说:"外面的世界看上去很美好,但那是假象,很多危险往往就藏在这美丽的外表下,好让你上钩。"小鹿被妈妈的话吓住了,但她贪玩心重,在家没待一会儿,就憋不住了,趁妈妈不注意时偷偷溜了出去。

外面的世界确实比家中要精彩得多,小鹿和小松鼠一会儿去采摘花朵,一会儿去追赶蝴蝶,玩得可高兴了。但是夏

看到站在小土丘上的小鹿,鳄鱼忍不住流下了口水。

季的天气变化无常,刚才还晴空万里,转眼间就乌云密布,不一会儿就下起了瓢泼大雨。小松鼠赶紧找了棵大树爬了上去,躲进了树洞里,小鹿却无处可藏,只好冒着大雨往家里赶。

这场大雨导致山洪暴发,使得小鹿回家时要通过的小桥被暴涨的河水淹没了。怎么过河呢?小鹿在岸边发愁了。眼看着河水越涨越高,小鹿一不留神,河水已经漫过了她脚下的这片河岸,小鹿慌忙找了个小土丘站在上面,以防自己被水淹没。

但是暴涨的河水很快将小土丘包围了。祸不单行,偏偏在这时,一只凶狠的鳄鱼向她游了过来,流着口水对她说:"喂,小家伙!你被洪水包围了,这下你死定了。我要用你的肉款待我的朋友们。说不定你的肉是可以长生不老的灵丹妙药哩!"

突然出现的鳄鱼,使小鹿的处境雪上加霜,小鹿后悔没有听妈妈的话。但看着浮在水面越逼越近的鳄鱼,小鹿反而镇静下来。她想:"我不能就这么等死,应

小鹿巧用计谋,让鳄鱼排起长队,然后跳上鳄鱼的背,数着数飞快地跳向了对岸。

该尽快想个办法,说不定还能逃掉。"

于是她对鳄鱼说:"你怎么知道吃了我的肉,可以长生不老?哎!只可惜你们的数目太少了。"

"我有30多个朋友呢,一点也不少!"

"如果你们有100条,吃了我就可以长生不老;但是如果少于100条,就一定会中毒而死!可惜呀!眼看着你们将要死于食物中毒,我真是不忍心呀!"

愚蠢的鳄鱼看到小鹿认真的样子,就相信了她的话。于是,鳄鱼迅速召集了河里所有的鳄鱼,凑够了100条。

他们刚准备吃的时候,小鹿又发话了:"你能确定是100条吗?如果数目不对,可是要中毒的。不如你们竖着排成一行,让我仔细地数一下。"

为了赶快吃到长生不老的鹿肉,河里乱轰轰的鳄鱼马上就排起了长队。这条长队就像一座浮桥一样,从河的这一边一直延伸到对岸。

小鹿跳上鳄鱼背,一面飞奔,一面飞快数着:"1、2、3、4……98、99!"等数到100的时候,小鹿纵身一跃,一下子跳到了河对岸,飞快地跑回家了。

成长时光

在我们遇到困难时,最重要的是要处乱不惊,迅速冷静下来,思考对策。就像故事中的小鹿一样,人只有在沉着镇定时才能想出解决困难的办法。故事中的小鹿将计就计,假意认同吃了自己的肉可以长生不老。随后她巧妙地使鳄鱼在河里排起了长队,不但成功地从鳄鱼口下逃生,还使自己顺利地过了河。

第七枚戒指

20世纪20年代末的世界经济大萧条时期，美国工人的失业率居高不下。迫于生计，许多人沿街乞讨，更有甚者走上了犯罪的道路。当时，生存是如此艰难，许多人唯一的梦想就是能拥有一份可以养家糊口的工作。

18岁的姑娘曼莎刚刚成年，便不得不面临这个严峻的问题。她为了找一份可以养活自己的工作，四处碰壁，曾一度产生轻生的念头。然而命运似乎还是比较公平，在饱尝一系列的艰辛后，曼莎终于找到了一份在高级珠宝店当销售员的工作。尽管薪水少得可怜，但跟那些流落街头的人相比，她已经相当幸运了，因此，曼莎格外珍惜这来之不易的机会。

曼莎的工作性质比较特殊，风险性较大，价格不菲的珠宝很容易招致犯罪分子的觊觎，因此曼莎每天都格外小心。她知道如果自己稍有疏漏，不但饭碗保不住，下半生还得背负沉重的债务。就这样，曼莎小心翼翼地忙活了大半年。平安夜要到了，想到晚上可以和家人好好地团聚、尽情地狂欢了，曼莎一整天都格外愉快。

临下班的时候，珠宝店里的其他职员已经走了，只剩下曼莎一个人在清点珠宝，做关门的准备。这时，店里来了一位30岁左右的男顾客。他穿得整齐干净，看上去很有修养，但从他沮丧的脸上不难看出，他也是一个不幸遭受失业打击的人。

曼莎一不小心把装有七枚戒指的珠宝盒打翻了，可是她只找到了其中的六枚。

曼莎注意到，那个男人正向门外走去。

看到关门前的最后一个客人，曼莎热情地向他打招呼。男子不自然地笑了一下，目光从曼莎的脸上慌忙躲开，仿佛在说："你不用理我，我只是来看看。"

这时，电话铃响了。曼莎急于去接电话，匆忙中将摆在柜台上的珠宝盒子碰翻了。盒中装着的七枚价格不菲的宝石戒指掉在了地上。

曼莎接完电话后，慌忙弯腰去捡。可她捡回了六枚以后，却怎么也找不到第七枚戒指。曼莎顿时慌了神，到处翻找，可仍不见那枚戒指的踪迹。曼莎绝望地抬起头，想询问一下那位男顾客是否见到了戒指，但却看到那位男子正匆匆向门口走去，曼莎顿时明白了第七枚戒指的去向。

"对不起，先生。"当那男子刚要走出店门时，曼莎柔声说道。

那男子触电般地站住了，缓缓地转过身来，紧盯着曼莎的眼睛。曼莎的心在狂跳："他要是恼羞成怒了怎么办？他会不会……"

"什么事？"两个人对视了足足一分钟后，男子终于开口说道。

曼莎极力控制住心跳，鼓足勇气，说道："先生，现在找份工作真不容易，是不是？这是我的第一份工作。"

男子长久地审视着她。良久，他脸上浮现出一丝不自然的微笑。曼莎终于平静下来，她也微笑着看着他，两人就像老朋友见面似的那样亲切自然。

"是的，确实如此。"他回答，"你是一个善良的女孩，我能肯定，你将是这里最好的员工。"

说完，他向前一步，把手伸给她，微笑着说："明天就是圣诞节了，我可以为你祝福吗？"

"谢谢！"曼莎伸出手去，握住了那个男子的手。

曼莎目送着他走出店外，消失在人群中，然后转回柜台，把掌心里的第七枚戒指放回了原处。

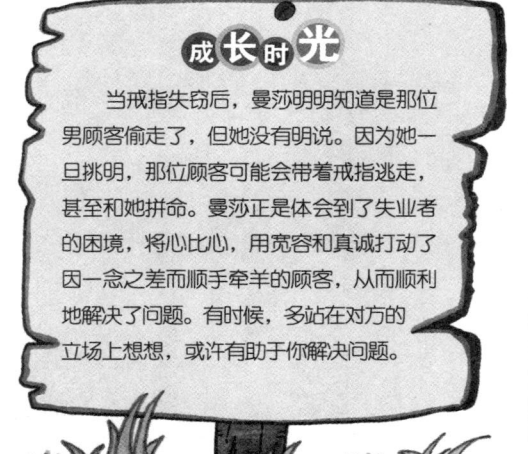

成长时光

当戒指失窃后，曼莎明明知道是那位男顾客偷走了，但她没有明说。因为她一旦挑明，那位顾客可能会带着戒指逃走，甚至和她拼命。曼莎正是体会到了失业者的困境，将心比心，用宽容和真诚打动了因一念之差而顺手牵羊的顾客，从而顺利地解决了问题。有时候，多站在对方的立场上想想，或许有助于你解决问题。

独具匠心

宋湘是清朝乾隆、嘉庆、道光年间杰出的诗人和书法家，是当时岭南三大诗人之一，被称为"岭南才子"。他自幼聪敏好学，23岁考中秀才；37岁在省城乡试中考取了第一名举人——解元。在广东民间，流传着一个关于他的传奇故事。

乾隆年间，广东的一个小集镇上有一对穷苦夫妻，他们过了大半辈子苦日子，终于攒了一点钱，在路边盖了两间房子，开了家小饭馆。可是，刚开张的时候，小饭馆的生意很不好做。由于盖房花光了所有的积蓄，他们拿不出钱来装修门面，小饭馆看起来很寒酸。这样一来，虽然他们所卖的饭菜和点心物美价廉，但进来用餐的客人并不多，生意十分冷清。

有一天，宋湘路过这里的时候，饿得饥肠辘辘，看到这家小饭馆，就走了进去。这家饭馆的饭菜十分可口，宋湘吃得

宋湘问店主，为什么这里的点心这么好吃，顾客却寥寥无几。

津津有味。但是在吃饭的时候，宋湘却注意到尽管此地人来人往，也正值中午吃饭的时候，可走进这家饭馆的顾客却十分稀少，便向店主询问起缘由。店主见他一介书生，料想也不会对自己有什么帮助，便长叹一口气，说："没有办法的，你知道了也没用。"

宋湘微微一笑道："不见得，我能走进来，别人也一样能走进来，你不妨说来听听。"

店主听得此话，便疑惑地打量了一番宋湘，见他神采非凡，估计不是常人，便向他询问："请问客官是……"

"在下宋湘。"宋湘微微一抱拳。

"你就是大名鼎鼎的才子宋湘，"店主顿时肃然起敬，同时喜出望外，"小店有救了！"说完他就将饭馆缺钱装修，店面太寒酸导致顾客不愿光顾的事情详细地向宋湘说了一遍，并恳请宋湘帮忙拿个主意。

宋湘略一沉吟，心中有了主意，笑道："老板不要着急，等我帮你写一副对子，或许生意就会好转。"

大家听说宋湘竟然不会写"心"字，纷纷前来观看。

店主连忙备好文房四宝，宋湘提笔，欣然写就一副对联："一条大路通南北，两边小店卖东西。"

横批："上等点心"。

对联虽好，但是横批上的"心"字却少了一点。店主虽然疑惑，但碍着宋湘的面子，不便明说，就让人张贴了出去。

没过多久，有一个当地秀才来吃饭，见横批上的"心"字少写了一点，忙问是谁写的。店主就把宋湘来小店吃饭的事情告诉了他。秀才得知这幅对联竟是名满天下的才子宋湘所写，不禁暗暗嗤笑。他一出店门便将此事传扬了出去。

一传十，十传百，很多人都不相信宋才子竟然不会写"心"字，纷纷赶来看笑话，小店门前也就热闹了起来。本来大家是来看热闹的，结果却发现这家小店的点心果然是"上等点心"，纷纷慕名前来品尝。小店的生意越做越红火。

店主终于明白了生意红火的缘由，这都是宋湘的独具匠"心"啊！

成长时光

一代才子连"心"字都不会写，这样的传闻大家肯定都不会相信。为了求证，人们都来看热闹，小店的客人自然就多了起来，生意红火是必然的事情。宋湘正是巧妙地利用了人们的好奇心，来吸引客人的注意力。有时候，不墨守成规，故意打破约定俗成的惯例，反而能起到出奇制胜的效果。

甘罗救祖父

甘罗是战国时期的楚国人，12岁时在秦国丞相吕不韦手下当食客。他曾经自告奋勇，出使赵国，不用一兵一卒，就使赵国献给了秦国大片的土地，因此被秦王封为上卿（相当于宰相）。甘罗小时候便以机智聪明而闻名，他救祖父的故事早已被人们传为佳话。

甘罗的祖父甘茂是秦国的宰相，有一次，他因为一件小事得罪了秦武王，秦武王就想找机会杀死他。可甘茂毕竟是朝中老臣，又没有做祸国殃民的事，秦武王怕杀了甘茂会引起群臣的不满，于是就想了个办法来整治他。

一天，秦武王叫来甘茂，板着脸对他说："我命你在三天内，给我送来三个鸡蛋。"甘茂正为秦武王的命令摸不着头脑时，秦武王接着说："我要的可是公鸡下的蛋！记住了吗？公鸡蛋！到时候拿不

秦武王想杀死甘茂，便设计让他去找三个公鸡下的蛋。

出来就治你的罪。"

甘茂立刻傻了眼。他回到家里茶饭不思，心想："秦武王这是在故意刁难我，我的死期到了。"

甘罗见祖父整日郁郁寡欢，就向祖父问个究竟："爷爷，到底出了什么事呀？"甘茂看着懂事的孙子，想到以后也许再也见不着他，不由泪如雨下。

甘罗擦擦祖父的泪水，对他说："您有什么事情就说出来吧，也许我能帮您解决呢。"

甘茂叹了一口气说："秦武王想杀我，你一个小孩子家又怎能帮得了我？"

甘罗很奇怪，心想：秦武王难道不问青红皂白就杀人，杀人总有个理由吧！他继续问祖父："您怎么知道大王要杀您？"

甘茂绝望地说："秦武王让我三日之内准备三个鸡蛋，是公鸡下的蛋，到时候我若拿不出，他就治我的罪，这简直是直接判了我的死刑啊！"

甘罗听完迟疑了一下，他眉头一皱，计上心来，他对甘茂说："爷爷，您放心，我会帮您解决这件事情的。"

三天很快就过去了，秦武王正坐在殿上盘算着怎么惩处甘茂时，没想到甘茂并没有上殿，而是来了一个几岁大的小孩子。

"你是谁家的孩子？"秦武王感到非常疑惑。

甘罗不慌不忙地说："尊敬的大王，我是甘茂的孙子甘罗。"

秦武王非常生气："你爷爷为什么不来见我？让一个孩子上殿捣乱，这可是

小甘罗代替爷爷上朝，勇敢地驳斥了秦武王的荒谬命令。

犯了欺君之罪！"

"报告大王，我爷爷正在家里生孩子，没法见您，所以他特地让我来向大王请罪。"

秦武王一听这话，火冒三丈："简直是胡说，男人怎么会生孩子呢？"

甘罗从容地回答道："大王说得极是。既然男人不会生孩子，那么公鸡自然也不会下蛋喽！"

秦武王一下子哑口无言，找不出一句话来反驳他。他觉得甘罗这个小孩子真是既聪明又勇敢，于是就不再提公鸡下蛋的事了。甘茂也因此而保住了身家性命。

成长时光

人在镇定的时候，总能想出好办法，难题也就能迎刃而解。故事中的小甘罗有着同龄人少有的机智和勇敢。他遇事不慌不忙，沉着冷静，以极巧妙的方法帮助爷爷脱离了困境。同样，如果有人故意刁难你，你也不要慌张，只要认真分析，找出他的破绽，以子之矛，攻子之盾，他自然就无话可说了。

华盛顿找马

乔治·华盛顿是美国第一任总统，他领导美国人民成功地摆脱了英国的殖民统治，成立了美利坚合众国。他德才兼备，堪称美国历史上最重要的人物之一。

华盛顿年轻的时候，养了一匹十分健硕的骏马。他非常喜欢这匹马，每天亲自给它喂食、擦身子，还经常拉它出去散步，爱护得就像自己的孩子一样。经过多日的相处，他已对这匹马的生活习性了如指掌。

由于这匹马保养得非常好，引来了许多人羡慕的眼光。每次华盛顿出去溜马，总有人对他说："年轻人，你的马可真漂亮，我愿用三匹马来和它交换。"但华盛顿从来不为所动。

可是，华盛顿不知道，早已有人打起了这匹马的歪主意。一天早晨醒来，华盛顿意外地发现拴在马厩里的那匹马已经不见了踪影。他一下子慌了神，不住地责怪自己太大意。华盛顿在附近仔仔细细地找了一遍后，不得不接受一个残酷的现实——马被人偷走了。

丢失了心爱的骏马，华盛顿万般心痛，他一心想把马找回来，所以每次看到有马的地方，他都会一匹一匹仔细辨认，

华盛顿前来讨马，偷马人却一口咬定那是自己的马。

希望能有所发现。

功夫不负有心人,华盛顿终于在一家农场里发现了自己丢失的马。凭着对那匹马多年的感情,他一眼就从马群中认出了自己的马,马也认出了自己的主人,顿时昂首嘶鸣起来。

华盛顿赶忙去和偷了自己马的农场主交涉:"先生,我有一匹丢失的马在您这里,希望您能还给我。"说完,他用手指了指那匹出众的马。

华盛顿灵机一动,用双手捂住马的双眼,让偷马人猜马的哪只眼睛是瞎的。

那人见事情败露,不由得恼羞成怒,他显然不愿意把好不容易偷来的马再白白还回去,便矢口否认:"这是我自己的马,你的马不在这里,到别处找去吧!"说完,他连推带搡,想把华盛顿赶出去。华盛顿还想争辩。可偷马人恼羞成怒,想动手打人。

碰到如此不讲理的人,华盛顿没有办法,只好找来一位警察,一起到偷马人的农场里去索讨。

那人在警察面前还是一口咬定说:"马在我的农场里,你凭什么说这是你的马?"

见那人一副蛮不讲理的样子,华盛顿想了想,突然上前用双手蒙住马的两只眼睛,对那个偷马的人说:"如果这马真是你的,那么请告诉我们,马的哪只眼睛是瞎的?"

"马的眼睛是有问题。这我早就知道……"偷马人还在嘴硬。他犹豫了半天,支支吾吾地说:"是右眼。"

华盛顿放下右手,只见马的右眼光彩照人,一点儿毛病也没有。

"哦,我记错了,马的左眼才是瞎的!"偷马人急忙争辩道。

华盛顿又放下另一只手,马的左眼也是好好的,根本不瞎。"我又说错了……"偷马人还想狡辩。

"是的,你是错了。"警官说,"这些足以证明马不是你的,你必须把马还给华盛顿先生。华盛顿先生,你可以把马牵回去了!"

成长时光

有时候,知识反不如机智来得重要。当华盛顿捂住马的眼睛,让偷马人说哪只眼睛是瞎的时,是在向他暗示,这匹马有一只眼睛是瞎的。马本来就不是农场主的,他就认为华盛顿所说的是事实。偷马人的失败就在于过分相信了这个暗示,不知不觉中了华盛顿巧设的圈套。等他明白时,已经无法挽回了。

华佗拜师

华佗是东汉末年的著名医学家,他妙手回春,救死扶伤无数,在医学上颇有建树。华佗是怎样学起医术的呢?这里有一段关于他小时候拜师学医的故事。

华佗小的时候,家里十分贫穷,全家人仅靠父亲教书和母亲养蚕织布为生。由于父亲是位私塾先生,所以在华佗很小的时候就教他读书写字。华佗天资聪颖,在父亲的教导下,明显比其他孩子更博闻强识。

一天,华佗的父亲没有课务,就带华佗到城里闲逛,让他多见见世面。父子俩在城里逛得非常高兴。可回家后不久,父亲忽然得了急病,肚子剧痛,很快就由于医治不及时而去世了。

看到父亲痛苦地死去,华佗暗下决心,将来一定要做一名医生,挽救那些备受病痛煎熬的人。这一年,华佗才七岁。

父亲的去世,使得家里本来就紧巴巴的日子更加艰难了。因为华佗立志要成为一名救死扶伤的医生,加上家里没有钱供他继续读书,母亲就叫华佗到父

小华佗借助一根拴着石头的绳子,很容易地摘到了桑叶。

亲生前的一位姓蔡的好朋友那里去学习医术。

那位姓蔡的医生医术高明，前来拜师的人很多。学医不比其他行业，需要脑子灵活方能记住那些种类繁多、五花八门的草药以及复杂的医疗程序。蔡医生便想从前来拜师的孩子们中挑选出最聪明的授以医术。

他把孩子们带到院子里，指着院子里一棵很高的桑树对他们说："你们瞧，这棵桑树上有很多枝条，上面长满了桑叶，人们采集它来养蚕织丝。下面的叶子很容易采摘，可高处的那些枝条，人站在地上够不着。现在没有梯子，怎么才能采下那上面的桑叶呢？"

孩子们都冥思苦想起来，这真是个难题啊！华佗心想："树这么高，很难爬上去呀！怎么办呢？"

不一会儿，他就想出了个绝妙的主意：既然人不能上去，那就换个思路，让桑树枝条到地上来。

说干就干，华佗找来一条绳子，在绳子的一头绑上一块石头。他把那块石头向高处的一根枝条扔去，绳子一碰到枝条，就一圈一圈地把它缠绕起来。华佗一拽手里的绳子，那根枝条就被拽了下来，小华佗一伸手就把桑叶摘下来了。

蔡医生见华佗反应如此灵敏，不住地点头说："很好，很好！"可他还想再试试华佗。用什么办法呢？蔡医生一时也想不出什么更好的方法。

这时，庭院里的两只山羊不知道什么原因打起了架，互相用角抵着对方，一时难分难解。见此情景，其他的孩子们都

小华佗想用草分开两只斗得难分难解的山羊。

被吓得躲到了一边。

"小华佗，你能把它们分开吗？"蔡医生对华佗说。

华佗想了一想，跑到路边拔了些鲜嫩的青草，然后把草送到两只山羊的面前。两只羊打累了，肚子也饿了，看见了青草就吃起来，顾不得打架了。

蔡医生见小华佗如此聪明，就高兴地收他为徒了。在蔡医生的教导下，华佗苦学医术，终于成为东汉末年最著名的医生。他不仅精通针灸和外科手术，还发明了世界上最早的麻药——"麻沸散"。

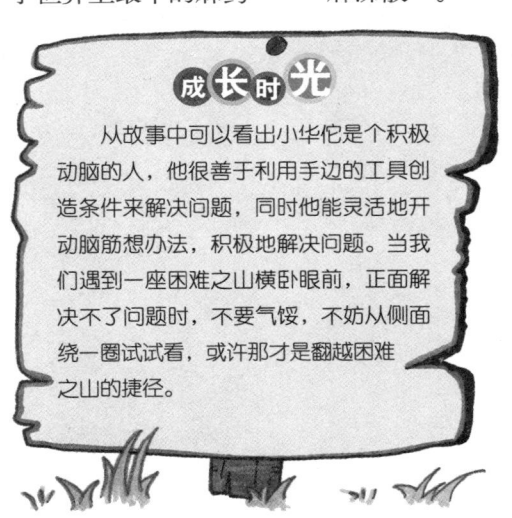

成长时光

从故事中可以看出小华佗是个积极动脑的人，他很善于利用手边的工具创造条件来解决问题，同时他能灵活地开动脑筋想办法，积极地解决问题。当我们遇到一座困难之山横卧眼前，正面解决不了问题时，不要气馁，不妨从侧面绕一圈试试看，或许那才是翻越困难之山的捷径。

机智勇敢的班超

班超是东汉时期大学问家班彪的儿子,他曾在大将军窦固手下担任代理司马。窦固为了抵抗匈奴,派人联络西域各国,以共同对付匈奴。他很赏识班超的才干,便派班超担任使者到西域去联络各国。汉明帝永平十六年(公元73年),班超带着三十六人来到了西域的鄯善国。

鄯善国只是一个小国,常常受到其他大国的侵犯,因此国王非常希望能依附一个大国作靠山。国王既想归附汉朝,又想归附匈奴,正在犹豫的时候,班超前来访问,鄯善国王恭敬异常,殷勤地款待了他们。可是过了一段时间,班超忽然觉得鄯善国王对他们不如先前热情了。

班超当即起了疑心:"这里面一定有鬼!我猜一定是匈奴的使者来了。如果鄯善王决定归顺匈奴,我们就有危险了。"

班超想找个方法证实自己的猜想。

班超和随从偷袭了匈奴人的驻地,杀了匈奴使者,然后放火烧了帐篷。

刚巧，鄯善王的手下人来送酒菜。班超眼珠一转，计上心来，他煞有介事地问道："匈奴的使者已经来了几天了？现住在什么地方？"

那侍从架不住班超这么一诈，心里一慌，以为班超已经知道了真相，急忙说："不瞒大人，匈奴人来了三天了。他们住的地方离这儿有三十里地。"

为避免走漏风声，班超马上把这个侍从关押起来，然后立刻召集起全部随从人员，对他们说："大家跟我一起来到西域，无非是想立功报国。现在匈奴使者才到几天，鄯善王的态度就变了。要是他把我们抓起来送给匈奴人，我们就永远也回不了家乡了。你们看怎么办？"大家都说："现在情况危急，一切听凭大人的！"

鄯善王见到匈奴人被杀，吓得大惊失色。

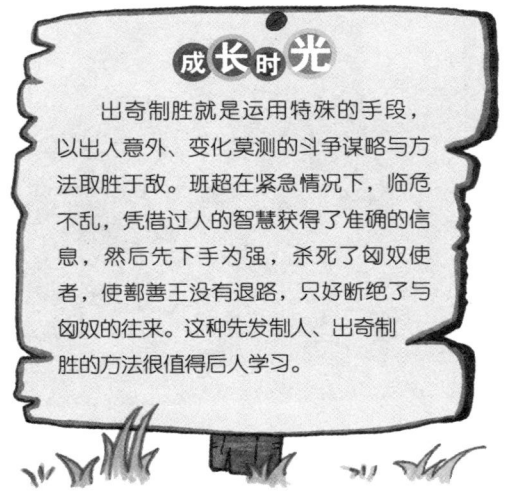

班超说："不入虎穴，焉得虎子。现在只有一个办法，趁着黑夜，到匈奴的帐篷周围，一面放火，一面进攻。他们不知道咱们有多少人马，定会慌作一团。只要杀了匈奴的使者，事情就好办了。"

半夜时分，班超率领三十六个壮士向匈奴的帐篷那边偷袭过去。那天晚上没有月亮，狂风呼啸，匈奴使者都躲在帐篷里睡觉。班超吩咐手下十个人拿着鼓躲在匈奴的帐篷后面，二十个人埋伏在帐篷前面，自己跟其余六个人顺风放火。火一烧起来，十个人同时擂鼓、呐喊，其余二十个人大喊大叫着杀进了帐篷。匈奴人从梦里惊醒，吓得到处乱窜。班超率领手下杀进去，不一会儿就杀光了匈奴使者及其三十多个随从，然后把所有帐篷都烧了。

天亮了，班超令人请来了鄯善王。鄯善王刚跨进帐篷，一眼就看到了班超手中拎着的匈奴使者的人头，顿时大惊失色。班超话中有话地劝他："从今以后，我们大汉皇朝和你们联合起来抵抗匈奴，匈奴就再也不敢来侵犯你们啦！"

鄯善王吓得面如土色，连忙趴在地上，不住地磕头发誓："愿意听从大汉皇帝的天命！"

班超凭借自己的勇气和智谋，终于使鄯善国归顺了汉朝，平息了这场危机。

成长时光

出奇制胜就是运用特殊的手段，以出人意外、变化莫测的斗争谋略与方法取胜于敌。班超在紧急情况下，临危不乱，凭借过人的智慧获得了准确的信息，然后先下手为强，杀死了匈奴使者，使鄯善王没有退路，只好断绝了与匈奴的往来。这种先发制人、出奇制胜的方法很值得后人学习。

纪晓岚智解"老头子"

纪晓岚是清朝乾隆皇帝时的大学士,也是有名的才子,曾受乾隆皇帝之命主持编纂《四库全书》。民间流传着很多关于纪晓岚的智慧故事。这里就有一个关于他如何智解"老头子"的故事。

一个盛夏的中午,天气闷热异常,一丝风也没有。这样的天气,人犹如身在蒸笼里,坐着不动都汗如雨下,加上外面知了在不停地聒噪,屋里的人越发地感到燥热难耐。

此刻,纪晓岚正在和几位同僚一起校阅书稿。纪晓岚的衣服早就被汗水打湿了,紧紧地贴在身上,非常难受。纪晓岚实在热得受不了,就干脆脱了衣服,赤着膀子,坐在书桌前继续看书稿。

纪晓岚正看得认真,有人进来通报,说乾隆皇帝驾到。一班翰林忙站起来,低头候着。纪晓岚一时慌了神,因为在古时候,衣冠不整见驾就有欺君之罪,更何况他这副狼狈模样!眼看着皇帝就要进屋了,此刻再穿衣服也来不及了,纪晓岚慌不择路,一头钻到了桌子底下。

乾隆让其他人不要出声,准备捉弄一下纪晓岚。

光着上身的纪晓岚被乾隆从桌子底下喝出来后，忙跪在地上向乾隆请罪。

其实乾隆皇帝早就看到了纪晓岚的窘样儿，为了捉弄他，乾隆特意向左右官员摆摆手，叫他们别出声，自己就在纪晓岚藏身的桌前坐了下来。他心想：我倒要看看你能做多久的缩头乌龟。

当时的桌子四周都围着垂地的布幔，人躲在里面根本看不到外面的情景。并且里面密不透风，更显得闷热。

时间长了，纪晓岚热得汗水淋淋，胸闷气短。他心想：再不出去就要闷死在里面了。

纪晓岚侧起耳朵，听见外面鸦雀无声，又因布幔遮着看不见，觉得皇上多半已经走了，于是伸出一根中指，大声问道："老头子走了没有？"

乾隆皇帝一听，又好气又好笑，心想："背地里你就这么称呼我呀，看来得给你点厉害瞧瞧，让你长点记性。"于是大声喝道："放肆！谁在这里？还不快滚出来！"

纪晓岚吓了一跳，知道躲不过去了，只好从桌子底下爬出来跪在了地上。

乾隆皇帝说："朕本不想归罪你衣冠不整。可你也太放肆了，竟然叫朕'老头子'！说，你为什么叫朕老头子？讲得有理朕就恕你无罪！"

纪晓岚脑子一转，毕恭毕敬地答道："陛下是万岁，应该称'老'；尊为君王，举国之首，万民仰戴，当然是'头'；子者，'天之骄子'也。呼陛下为'老头子'乃至尊之称。"

"那这根中指又算什么？"

"中指么，就代表国君的'君'啊。"纪晓岚伸出一只手，动着中指说："天地君亲师，从左边数，中指是君；从右边数，中指还是君；所以我伸出中指就是代表皇上您啊。"

乾隆听了很高兴，笑着说道："纪爱卿机智可嘉，朕恕你无罪！"

成长时光

纪晓岚的聪明机智是家喻户晓的。乾隆皇帝为了戏弄纪晓岚，故意坐在一边等他出丑。纪晓岚受不了憋闷，说出了对皇帝大不敬的话。但是他机智地解释了"老头子"的意思，不但没有受到皇上的怪罪，还博得了龙颜一笑。遭遇尴尬的时候，暂时放弃常规思维，将错就错、顺水推舟也不失为一种化解尴尬的溶剂。

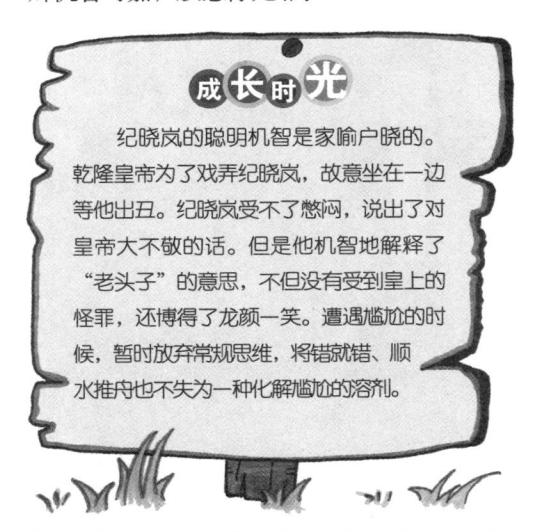

枯井里的驴子

从前，有一个农夫家里养了一头驴子，这头驴子劳作了一辈子，已经很老了，再也干不了活了。农夫不想再用绳子整日地拴着它，便给它自由，每天让它在外面东游西逛。

走出驴圈的驴子犹如放归青天的鸟儿，心都飞起来了。自由的感觉真好啊！它心想："以前整日地埋头工作，好多事情都没经历过，趁此机会，弥补一下过去的损失吧！"

驴子从村东头逛到村西头，一会儿去山坡上吃点新鲜的草，一会儿去小溪里喝点甘甜的水，然后找个阳光充足的地方美美地睡上一觉，日子过得倒也悠闲自在。

可驴子有点不满足，它想："我的一生不能过得如此平淡无奇，得找寻一点刺激，譬如寻宝什么的。"驴子为自己的想法感到兴奋不已。

从此，驴子碰到别人丢失的袋子就拿起来抖一抖，看到地上的窟窿就用蹄子刨几下，希望能有什么意外的发现，可好

农夫惊奇地发现，驴子竟然慢慢上升到了井口。

多天过去了，它毫无收获。驴子不禁有点失望。一天，它远远地看见一户农家后面有一口枯井，它觉得这里最有可能藏有宝藏，于是高兴地跑了过去。枯井太深，里面黑洞洞的，什么也看不清，驴子使劲把头探了进去，不幸的是它一下子失去重心，掉进了井里。驴子吓坏了，它开始大声地嚎叫，希望有人来救它出去。

很快，有个人听到了驴子的嚎叫，他发现是农夫家的驴子，便叫来了农夫和一大帮人，希望能够把驴子弄上来。

可是井那么深，怎么才能把它弄上来呢？一开始，农夫想用绳子把驴子拉上来，但是怎么也没办法把绳子套到驴身上。他绞尽脑汁想了很多办法，但是都失败了。几个小时过去了，驴子还在井里痛苦地哀嚎着。

最后，农夫决定放弃。他想这头驴子老了，不值得大费周折去把它救出来，不过无论如何这口井还是得填起来，以免其他的牲口或者小孩子再掉进去。于是，农夫便让大伙帮忙，一起填井，顺便把井中的驴子埋了，以免除它的痛苦。

驴子跳出井口后，得意地跑开了。

农夫和邻居们人手一把铁锹，开始将泥土铲进枯井中。驴子显然意识到了自己的处境，它觉得自己就这样死未免太冤，于是开始凄惨地哀嚎着以表示抗议。但人们丝毫不理睬它的抗议，泥土还是不住地落到它的身上，它只得不住地抖落身上的泥土。忽然，驴子发现一种可以解救自己的方法，于是它顾不得叫唤，开始专心实施它的自救方案。

听到驴子忽然安静了下来，人们好奇地探头往井底一看，驴子的举动令他们大吃一惊：当他们铲进井里的泥土落在驴子背上时，驴子就会浑身一抖，将泥土抖落在一旁，然后站到铲进去的泥土堆上面。

就这样，驴子不断将大家铲倒在它身上的泥土抖落在井底。井底的土越来越厚，驴子也渐渐地上升了。人们发现了这一点，连忙加快了铲土的速度，很快，驴子便得意地上升到了井口，然后在众人惊讶的目光中快步跑开了。

经过此次劫难，驴子再也不想找寻什么理想和刺激了，而是重新待在农夫家的驴圈里，安安静静地度过了自己的晚年。

成长时光

在生活中，我们会遭遇各种各样的困难和挫折，它们就像加在我们身上的"泥土"，看起来似乎要把我们压垮和掩埋了。然而，换个角度看，它们也是一块块的垫脚石，只要我们不断地将它们抖落在地，然后站到上面去，那么即使是掉落在最深的井底，我们也能安然摆脱困难，重见阳光。

李世民救父

唐太宗李世民是我国历史上著名的皇帝,他以自己的雄才大略,开创了著名的大唐盛世。年轻的时候,他曾和父亲李渊一同辅佐隋朝的皇帝隋炀帝。

隋炀帝是个无道的昏君。他经常大兴土木,给人民带来了无比深重的灾难。

昏君之下必有奸臣,有一个奸臣很得隋炀帝的宠信。他胡作非为,广结党羽,但正直的李渊不屑与他为伍。这个奸臣害怕李渊会危及他的地位,便想借隋炀帝之手害死他。他向隋炀帝提议:"李渊才能出众,不如让他为您建一座豪华的宫殿吧!以他的能力,一百天的时间就绰绰有余了。"

隋炀帝点头同意了,但他有点怀疑,便问:"一百天能修好吗?以往朕修建一座宫殿,都得征调几万人,花上好几年的时间呢!"

奸臣继续进谗言:"皇上放心,肯定能完成。如果完不成,肯定是他不想为皇上建宫殿,故意消极怠工,到时候您就处死他。"昏庸的隋炀帝同意了。

奸臣想杀掉李渊,便向隋炀帝进言,让李渊百日之内修建一座宫殿。

圣旨很快传到了李渊府上，李渊心知这是奸臣想借机加害自己，这一招也太狠毒了，一百天怎么可能修好一座宫殿呢？看来这次必死无疑了。

就在李渊长吁短叹的时候，他的二儿子李世民对父亲说："百日之内修一座宫殿并非不可能，大宫殿完不成，我们就修一个小的。只要宫殿的布局符合皇上的心意就行。如果我们肯出重金，就一定能够征集到各种修造宫殿的人才。"

李渊采纳了李世民的建议，贴出招贤榜，果然有大量人才前来应聘。在这些人的共同努力下，百日不到，一座小宫殿就建成了。

小宫殿亭台楼阁、假山水池，一样不缺。隋炀帝见李渊如期完成了这样漂亮的建筑，很是高兴，准备对他加以奖赏。

可这奸臣还是不死心，继续向隋炀帝进谗言，他对隋炀帝说："皇上被蒙蔽了！那座宫殿肯定是李渊早就修好了的。李渊不仅犯了欺君之罪，而且私建宫殿，有谋朝篡位的嫌疑，否则一座宫殿怎么可能建得那么快呢？"

隋炀帝一听，觉得很有道理，就立刻召来李渊父子兴师问罪。

面对隋炀帝的盘问，李渊不知如何应对，吓得面如土色。奸臣见此情景，暗暗偷笑，认为自己的计谋马上就要得逞了。李世民见形势危急，立刻上前说："陛下，我父亲是冤枉的！这座宫殿是我和父亲一起监造的，确实是在近百日之内造好的，请陛下查验。"

隋炀帝问："那么你如何证明它是最近才造好的？"

针对奸臣的谗言，李世民请求隋炀帝对宫殿进行查验。

李世民说道："请陛下派人拔钉验锈，揭瓦验泥。新修的宫殿，钉子没有生锈，瓦泥还是湿的。如果是早就修好的，钉子一定生锈了，瓦上也会生霉斑。"

隋炀帝立即派人验查，果然见钉子无锈，瓦上无霉，泥土也是湿的。这就证明了宫殿是新造的。于是隋炀帝重赏了李渊父子，同时处罚了进谗言的奸臣。

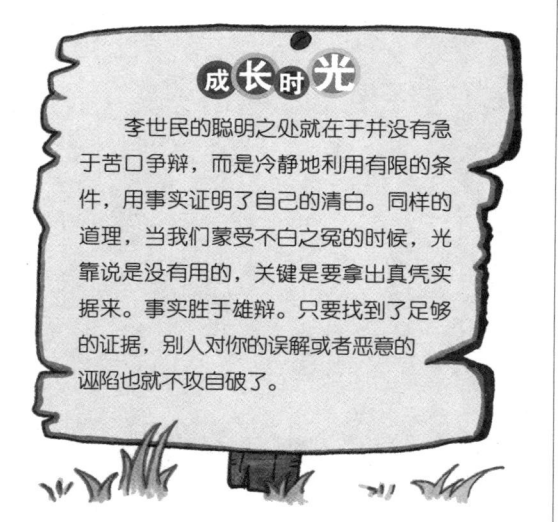

成长时光

李世民的聪明之处就在于并没有急于苦口争辩，而是冷静地利用有限的条件，用事实证明了自己的清白。同样的道理，当我们蒙受不白之冤的时候，光靠说是没有用的，关键是要拿出真凭实据来。事实胜于雄辩。只要找到了足够的证据，别人对你的误解或者恶意的诬陷也就不攻自破了。

买马骨

战国时期，齐国趁着燕国内乱打败了燕国。燕昭王继承王位后，决心一雪父亲的战败之耻。他祭奠战死的亡灵，抚恤死者的家属，与百姓同甘共苦，很快就赢得了百姓们的拥戴。

可是当时燕国刚刚战败，国力日衰，根本无力再与齐国对抗。燕昭王觉得凭一己之力，很难使燕国在短期内强大起来。便发出诏书，向天下广招治国的人才。

一开始，燕昭王心想："我堂堂一国之君向天下招募人才，肯定应者云集。"然而诏书贴出去了很久，前来应征者寥寥无几。即使这为数不多的应征者中，也大多不符合燕昭王的要求。燕昭王深感苦恼："难道天下没有治国兴邦的贤才吗？还是我提供的俸禄不够优厚？"他百思不得其解。

见燕昭王如此困惑，身边有人提醒

侍臣用千两黄金买回了一堆马骨，带回来呈献给国君。

他："大王，郭隗很有见识，不如去找他商量一下。"

出于对人才的渴求，燕昭王决定亲自登门拜访郭隗。他对郭隗说："我想报齐国入侵之仇，可是现在燕国势单力薄，只有众多人才来帮助我治理国家，方能使燕国强大起来。"

郭隗摸了摸自己的胡子，沉思了一会儿说："贤明的君王才能招来人才，招来人才而不能尊重人才，人才就会离去。大王如果真心想招纳人才，不妨先在国内选择一个，然后诚心相待。这样，大王礼贤下士的名声传出去了，天下的人才自然会聚集到燕国来。"

燕昭王说："那我选择谁合适呢？"

郭隗说："大王莫急，不妨先听我讲个故事吧。"接着，他就讲了一个故事。

古时候，有个国君非常喜爱千里马。他派人四处寻找，找了三年都没找到一匹好马。有个侍臣打听到远处有一匹名贵的千里马，就向国君自荐道："大王，请让我去寻找千里马吧！"国君给了他一千两金子，就让他上路了。没想到侍臣到了那里，千里马已经害病死了。侍臣觉得空着手回去不好交代，就花千两黄金把千里马的马骨买了回来。

国君看到马骨大发雷霆："我要你买的是活马，谁叫你花那么多钱把没用的马骨买回来？"

侍臣不慌不忙地说："人家听说您肯花重金买马骨，还怕没有人把活马送来吗？"

国君将信将疑，便不再责备侍臣了。这个消息一传开，大家都相信国君是真的很爱千里马。不出一年，果然有人从四面八方送来了许多匹千里马。

国君千金买马骨的事传出去以后，人们给他送来了很多千里马。

郭隗讲完这个故事后，说："大王如果真想要招揽人才，不妨先从我开始吧。连我这样的人尚且被尊奉，何况胜过我的人呢？"

燕昭王听了大受启发，回去以后，马上派人造了一座精致的房子给郭隗住，还拜他做老师。各国有才干的人听到燕昭王这样真心实意地招纳贤才，纷纷赶到燕国来投奔他。

在贤臣的辅佐下，燕国果然一天天强大起来，很快便打败了齐国。

成长时光

千金买马骨是为了显示寻求千里马的诚意，而郭隗讲这个故事是为了告诉燕昭王：要尊重知识，尊重人才，光停留在口头上是不够的，必须拿出实际行动来，才会使人相信，才能够吸引真正的贤能之士。同时，这个故事还告诉我们：在劝说别人的时候，使用旁敲侧击的方法，往往能起到更好的效果。

妙招识间谍

"二战"后期，盟军在法国抓到一个嫌疑犯，怀疑他是德国间谍，就对他进行了审问。但一连审问了好几天，结果一无所获。盟军不愿意轻易放走任何一个疑犯，就把他送到了奥莱斯特·平托上校那里。

奥莱斯特·平托上校是第二次世界大战中美军情报部官员。他是"二战"中最具传奇色彩的反间谍英雄，堪称"反间谍大师"。

嫌疑犯送来的时候，穿着与当地农民没有什么两样，说话口音也与当地口音无异，看上去什么破绽都没有。但是平托上校凭借多年来与纳粹间谍打交道的经验，认为这个嫌疑犯非常值得怀疑。因为一般的农民在这种情况下通常都会表现得非常紧张，然而这个人却表现得太过镇定了。

平托上校决定从语言方面入手，寻找破绽。因为如果这个嫌疑犯是德国间谍，那么不管他的法语说得多流利，总会不自觉地带出母语的口音。

平托上校命人端来一盘豆子，递给嫌疑犯，然后命令他："把这些豆子数数吧。"嫌疑犯很平静地接过满满的一盘豆子，然后慢慢数了起来："1、2、3……"

嫌疑犯端着满满一盘的豆子，一个一个地数了起来。

平托上校使了个妙招，让嫌疑犯露出了破绽，两个士兵立刻上前抓住了他。

平托上校为什么让嫌疑犯数豆子呢？其中有什么玄机吗？原来，平托上校觉得这个嫌疑犯遇事太过冷静，肯定受到过特别的训练，从正面审问很难有所突破。让嫌疑犯数豆子，就是想让他在不知不觉间露出马脚。因为当地人在说"72"时不是用标准的法语，而是用当地的一个特殊方言词汇。

嫌疑犯如果不是当地人，肯定会刻意用标准的法语读出"72"，但平托上校显然低估了嫌疑犯的水平，他在数到"72"时发音无懈可击，和当地人发音一模一样。平托上校的测试失败了。

平托上校感觉到了压力，他意识到对手不是个简单的人物，要想识破他的身份，得想出更绝的招术。

很快，平托上校进行了下一项测试。他下令把这个人关在一间马棚里。马棚外堆满了草。半夜，几个士兵悄悄地靠近马棚，点燃了靠墙的几捆草，烟一下蹿进了马棚。

"着火了！着火了！"士兵们用德语大喊起来。这个人醒过来后没什么反应。接着士兵们又用法语大声喊道："着火了！"这个人顿时跳起来，焦急地敲打着紧关着的门。这一次嫌疑犯又没有露出破绽，平托上校的测试又失败了。

第二天清晨，嫌疑犯像往常一样沉着、冷静地走进审讯室。当时，平托上校正在埋头看一份文件，并没有立即对他进行审问。嫌疑犯渐渐有所放松了。过了好一会儿，平托上校抬起头对嫌疑犯用德语说道："好了，一切都清楚了，你现在自由了！"

嫌疑犯听完，长长地舒了口气，像是卸下了一个沉重的包袱，马上转身往外走。他刚走了两步，猛地意识到自己犯了个致命的错误——自己听懂了德语，身份败露了！可是一切都太晚了。平托上校一拍桌子，厉声喝道："戏该收场了！"两个士兵立刻上前抓住了这个德国间谍。

成长时光

《孙子兵法》中提出："攻其不备，出其不意。"再狡猾的狐狸也逃不过猎人的眼睛！平托上校以其高明的审讯技巧先让嫌疑犯高度紧张，在三番五次的审问过后，故意让他放松下来。嫌疑犯在不知不觉中放松了警惕，顿时露出了破绽。在最后关头，平托上校一举反败为胜。可见，出其不意，方能打对手个措手不及。

墨子退兵

墨子是春秋末年战国初期著名的思想家、学者,墨家学派的创始人。当时,诸侯割据,各诸侯国之间纷争不断,都想吞并别的国家,以扩充自己的势力。当时,楚国是个大国,它常常以强欺弱,侵略其他弱小的国家。

著名的工匠公输般,也就是鲁班,为楚国制作了一种攻城用的云梯。这种云梯又高又大,在当时可以说是战略性武器。

楚王对这种新式武器非常满意,认为楚国有了这种武器就会战无不胜,于是决定进攻弱小的宋国,以检测一下云梯的威力。

消息传到宋国后,一时间全国陷入了恐慌之中,他们不知道如何抵御强大的楚国。墨子一向很反感这种非正义的侵略战争。他得知此事后,就日夜不停地赶到楚国去,想劝说楚王放弃这场战争。

墨子与公输般是老朋友,他就先找到公输般,对他说:"有一个人想要欺负我,我希望你能帮我杀死他。"见墨子想让自己去杀人,公输般不高兴地说:"我是个讲道义的人,不会随便去杀人的。"

墨子说:"楚国是大国,拥有辽阔的土地。宋国是一个地域狭小的国家。两国本来和平相处,可是楚国却以强凌弱,准备攻打弱小的宋国,这是一场非正义的战争,你虽然没有亲自动手杀人,可是一

墨子见劝说不了楚王,就提出要和公输般进行一次模拟作战。

旦发生战争,有多少无辜的百姓会因为你的新武器而死去,这跟你亲手杀人有什么区别呢?"

公输般被问得哑口无言,推诿说:"这是楚王的决定,与我无关。"墨子说:"既然如此,那咱们一同去见楚王。"

拜见了楚王后,墨子向楚王问了个问题。他对楚王说:"有一种人,放着自己漂亮华贵的衣服不要,却想偷邻居的旧衣服;舍弃自己漂亮的车子不要,却想偷邻居的破车,这是怎样的一种人啊?"楚王不知是计,马上说:"这种人定是有偷窃的毛病。"

墨子抓住时机,马上说:"楚国地大物博,而宋国地狭物贫,两者相比就好像漂亮的车与破车、华贵衣服和旧衣服的区别。这样强烈的反差,楚国却想攻打宋国,这跟那个犯了偷窃罪的人是不是一样呢?"

楚王一下子被问住了,但他仍面无愧色地说:"你说得很有道理,但是云梯已经造好了,我一定要试试它的威力。"墨子不慌不忙地说:"其实云梯

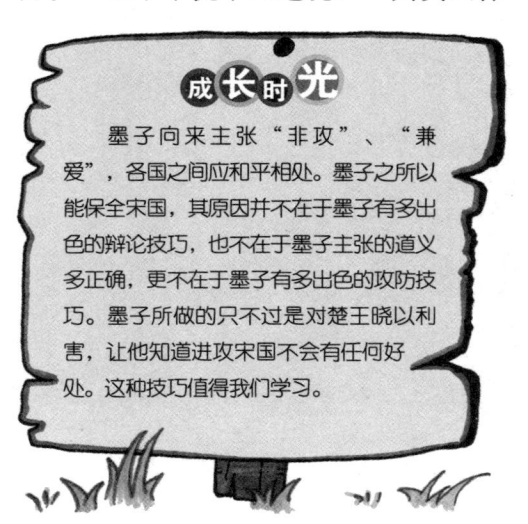

楚王被墨子说服了,决定放弃攻打宋国。

并没有你想象的那样厉害,不信我可以与公输般现场演示一次模拟作战。"楚王同意了,并为他们准备了道具,包括城墙、云梯以及守城和攻城的兵器。公输般开始用模拟器械攻打宋国的城墙,但是任凭他怎么改变攻城的战术,就是攻不下墨子的城墙。

公输般见久攻不下,便说:"我知道用什么办法对付你,但是我不说。"

墨子回答道:"我也知道用什么办法对付你,但我也不说。"

楚王听了他们的话感到莫名其妙,就问墨子:"你们到底在说什么啊?"

墨子告诉楚王:"公输般的意思是把我杀掉,宋国就没人守得住了,楚国便可以战胜宋国。其实他想错了,我有300个弟子,现在他们都用我教的办法守在宋国城墙上呢。所以你们杀了我也没有办法战胜宋国。"

最后,楚王终于决定不去进攻宋国了。一场残酷的战争就这样被墨子化解了。

成长时光

墨子向来主张"非攻"、"兼爱",各国之间应和平相处。墨子之所以能保全宋国,其原因并不在于墨子有多出色的辩论技巧,也不在于墨子主张的道义多正确,更不在于墨子有多出色的攻防技巧。墨子所做的只不过是对楚王晓以利害,让他知道进攻宋国不会有任何好处。这种技巧值得我们学习。

拿破仑救人

拿破仑是法兰西帝国的缔造者,他有着卓越的军事领导才能,曾带领法兰西军队转战欧洲,多次击垮欧洲封建君主国组织的"反法同盟"。拿破仑死后,凭借他对法国的杰出贡献,被法国人民尊为"不朽的英雄"。

拿破仑不仅在战争中表现出了非凡的能力,就是在平常的小事中,也时常显示出他过人的智慧。

在一次战斗中,拿破仑带领他的军队英勇杀敌,大获全胜。返回营地的途中,军队要穿越一片树林,拿破仑骑着马走在前面,后面的部队有说有笑,都沉浸在胜利的喜悦中。

树林里道路崎岖,除了乱七八糟的杂草、枯藤,还有一个大湖,湖边遍布杂乱的灌木丛,人一不小心很容易掉下去。

拿破仑正在马上回顾当天这场战争的得失,忽然一阵紧急的呼救声打断了他的思绪。他立刻调头,策马扬鞭,朝着发出求救声的地方跑去。

拿破仑从身上掏出一支手枪,命令士兵赶快上岸,否则便杀了他。

原来，是一个士兵不慎掉进了湖里，而他又不会游泳，只能在水中边呼救边拼命地扑腾。尽管这个士兵拼命挣扎，他还是渐渐朝深水当中漂移过去，离岸已有三十多米。慢慢地，他已经没有力气了。

眼看着那个士兵离岸边越来越远，并且一会儿沉下去，一会儿又浮上来，生命危在旦夕，岸上几个士兵慌作一团。他们当中谁也不会游泳，只能无可奈何地叫喊着。

拿破仑赶过来问："他会游泳吗？"一个士兵焦急地回答说："他只能扑腾几下，现在不行了，已经漂到了深水里，刚才还拼命地喊救命呢。估计他坚持不了多久了。"

"长官，他快要淹死了！"另一个士兵哭着说。

拿破仑"哦"了一声，却并没有部署说怎么救水里的士兵上岸，只是随即从身上掏出一支手枪，对准了水中的士兵。旁边的士兵看到拿破仑拔枪，都吓呆了。

只见拿破仑大声朝落水的人喊道："听着，我命令你赶快游回来！再往前去，我就开枪毙了你！"说完，他果然朝那人的前方开了两枪。

落水的士兵也许是听到了岸上传来的威胁的话语，也许是听到了前方子弹入水的响声，他被吓得魂飞魄散，猛地回转身来，拼命地往回划起来。刚才还有气无力地乱扑腾的士兵，现在仿佛浑身有使不完的力气。

士兵被拿破仑吓得拼命游上了岸。

很快，那士兵就向岸边靠拢了。岸边的士兵赶快七手八脚地把他拽上了岸。

爬上岸来的那个士兵生气地对拿破仑说："长官，难道您真想开枪打死我吗？可为什么呢？"

拿破仑若无其事地笑道："如果不是我刚才举枪吓唬你的话，你就不会拼命游上岸，又怎能安全脱险呢？"这时士兵才恍然大悟，连声感谢拿破仑的救命之恩。

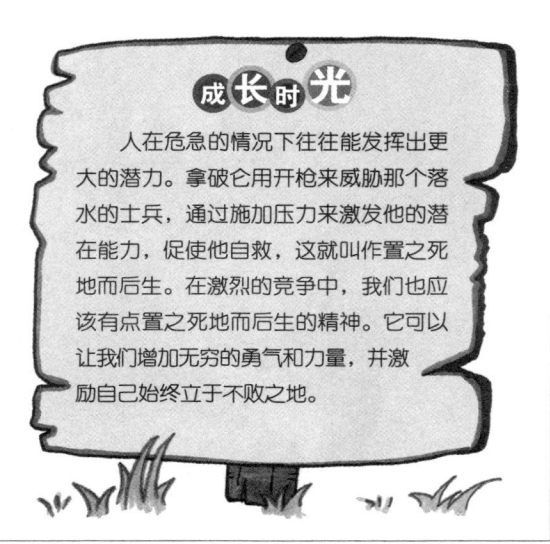

成长时光

人在危急的情况下往往能发挥出更大的潜力。拿破仑用开枪来威胁那个落水的士兵，通过施加压力来激发他的潜在能力，促使他自救，这就叫作置之死地而后生。在激烈的竞争中，我们也应该有点置之死地而后生的精神。它可以让我们增加无穷的勇气和力量，并激励自己始终立于不败之地。

区寄智杀强盗

区寄是古代郴州地区一个穷苦人家的孩子,为了减轻家里的负担,他每天都要上山砍柴放牛。一天,他把牛拴在山坡上吃草,自己跑到山上打柴去了。

此刻,这座山上的一块大石头后面躲着两个强盗。这两个强盗赌输了钱,就躲在山上想拦劫路人的钱财。可是他们等了大半天,肚子饿得咕咕叫,也没有什么人路过这座山。这可把他们急坏了,白白等了大半天,看来要空手而归了。

就在他们饥饿难耐,打算放弃的时候,其中一个看到了区寄,他用胳膊捅了捅身边的同伙,低声说道:"瞧,那边有个小孩子,长得还挺白净,咱们大半天都没有什么收获,不如把他绑了卖了吧,或许还能卖几个钱。"另一个强盗同意了。

区寄正在卖力地砍柴,突然出现的强盗让他吓了一跳,等他反应过来时,已经来不及逃跑了。见这两个强盗满脸横肉,一副凶神恶煞的样子,区寄没有反抗,他知道,惹恼了这两个强盗,极有可

见强盗睡着了,区寄就把捆绑自己的绳子靠在刀刃上,用力地上下磨动。

能招致杀身之祸。可是在这两个强盗手里迟早要遭殃，如何才能脱身呢？

区寄很快就有了主意，他做出一副小孩子常有的胆小的样子，假装害怕得发抖，一路上哭哭啼啼，以此来麻痹强盗。强盗见他如此胆小怕事，也就对他渐渐放松了警惕。

路上，两个强盗实在饿得受不了，就在路边的小摊上买了两只烧鸡，外加一壶酒，开始大吃大喝起来，喝着喝着，两个人都有点醉意了。但他们没有忘了正事，其中一个强盗酒足饭饱之后就独自离开，前去集市上谈买卖孩子的生意。

另一个大概是喝昏头了，就把刀插在路上，靠在一块石头上倒头便睡。区寄看着他睡着了，就把捆绑自己的绳子靠在刀刃上，用力地上下磨动。绳子断了，他便拿起刀杀死了那个强盗。

区寄还没逃远，另一个强盗就回来了。他看到同伴被杀，非常惊恐，抓住区寄打算杀掉他。区寄此刻已经揣摩到强盗

区寄趁着强盗睡着的时候，就着炉火，想把捆绑自己的绳子烧断。

贪得无厌、见利忘义的心理，就故作镇定地对那个强盗说："两个人分一笔钱，还不如一个人独吞好呢。他对我不好，所以我杀了他。"

强盗想想觉得区寄说的很有道理，就放开区寄，埋葬了那个强盗的尸体。强盗带着区寄赶到集市时，天色已晚，交易的人已经离开了。没办法，强盗只好找了一家客栈住下来，等着第二天再卖掉区寄。

这次，强盗害怕区寄再把绳子弄断，就把区寄捆绑得越发结实了。到了半夜，见强盗睡得很死，区寄就转过身来，把捆绑的绳子就着炉火烧断了，然后拿起刀杀了强盗。杀死强盗后，区寄开始大声呼救，叫声惊动了整个集市。

差吏把这件事报告了县令。府官召见了区寄，看到区寄不过是个年幼老实的孩子，便派官吏护送他回到了家乡。

强盗们听说了这件事，都吓破了胆。甚至没有一个强盗敢经过他的家门口。他们都说："这个孩子小小年纪，却杀死了两个豪贼，谁还敢靠近他呀？"

成长时光

区寄很有胆略，他故意装出害怕的样子，使强盗放松了警惕。他不但勇敢，还很机智。当强盗想杀死他的时候，他利用强盗的贪婪挽救了自己的性命。正所谓"兵不厌诈"，当我们面对强大的对手时，可以先示弱，使其放松警惕，然后再迅速找到其弱点，最后再寻找机会各个击破。

巧计讨工钱

从前有个很富有的财主，他家财万贯，过着锦衣玉食的生活。可是，他却为富不仁，十分吝啬，想尽办法盘剥长工。

长工们每天食不果腹，衣不蔽体，却要起早贪黑，没日没夜地为财主工作，为的就是等年底能拿到工钱，回家过个好年。然而，财主却总是想法设法地克扣长工们的血汗钱。

财主规定，每个长工必须干满一年，否则就拿不到一分工钱。这样一来，好多人因为受不了财主的剥削，而白白给他干了大半年。即使有人能坚持到年底，也还是不容易拿到财主的工钱。因为每到年底，长工们向财主要工钱时，财主就会出一个难题，他总是说："要钱可以，但是你必须给我办一件事情。如果你办到了，我就多给你一年的工钱；如果办不到，我一天的工钱都不会给你。"

"什么事情呢？"长工们小心翼翼地问道。

"如果谁能给我取来两样东西：一个叫'啊'，一个叫'哇'。谁就能领工

财主把手伸进其中一只罐子，被里面的东西咬了一口，疼得"啊"地大叫一声。

钱。"财主说完就转身走了。

这不是明摆着刁难人吗？世上根本没有这两样东西，长工们没有办法，只好忍气吞声，空手而归。

财主屡试不爽，他每年都用这个方法来赖掉长工们的工钱。

可是这样一来，长工们都不愿意到他家干活了。

财主见没人来为他干活，一时也慌了神。老奸巨猾的他很快就有了新主意。他把工钱提高到原来的两倍，他心想："嘻嘻，只要能找到人干活，工钱高点没关系，反正到年底有难题等着他们，到时候这些钱还不都是我的！"

人们都不愿意上他的当，财主只好把工钱一升再升，到最后，有一个十几岁的小男孩前去应征。大人们纷纷劝他说："那个财主诡计多端，你不会拿到工钱的，还是别上这个当了。"男孩拍拍胸脯，胸有成竹地说："大家放心，我会让他把工钱一分不少地给我的。"

就这样，小男孩进了财主家当长工。到了年底算工钱的时候，财主故伎重施，照例让男孩去取"啊"和"哇"两样东西，想用相同的办法赖掉工钱。

男孩听了他的条件后并不慌张，转身就走了，再回来时，他手里多了两个罐子。财主见男孩没有被问题吓走，心里暗吃了一惊，不知道他到底在要什么名堂。

财主故作镇静地说："我要的东西你都拿回来了吗？"男孩把罐子往桌子上一放，说："你要的'啊'和'哇'都装在这两个罐子里，你自己拿吧。"

财主将信将疑，刚把手伸进一个罐子里，就被里面的什么东西咬了一口，手钻心似的疼了起来，他不由得惨叫一声："啊！"男孩不慌不忙地说："这就是'啊'，'哇'在另一个罐子里呢。"财主生怕另一个罐子里还有更狠的等着他，就不敢再试了，只好给了男孩双倍的工钱。

小男孩不但惩罚了财主，也领到了工钱。

原来，男孩在两个罐子中分别装了蜈蚣和螃蟹，财主就是被蜈蚣咬了一口。就这样，男孩不但讨到了工钱，还狠狠惩罚了狡猾的财主。

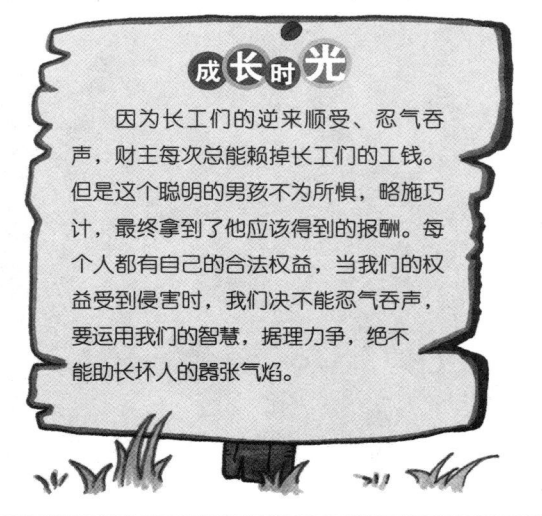

成长时光

因为长工们的逆来顺受、忍气吞声，财主每次总能赖掉长工们的工钱。但是这个聪明的男孩不为所惧，略施巧计，最终拿到了他应该得到的报酬。每个人都有自己的合法权益，当我们的权益受到侵害时，我们决不能忍气吞声，要运用我们的智慧，据理力争，绝不能助长坏人的嚣张气焰。

巧计追金印

清朝年间，山西有一位巡抚为官清正廉明，深受老百姓的爱戴。

有一天，巡抚批阅公文时需要加盖大印，当他打开装有金印的印箱时，发现原本放在里面的金印不翼而飞，他顿时吓得面如土色。在当时，金印是皇帝赐与的，是身份和权力的象征，如果弄丢了，很可能会招来杀身之祸。

究竟是什么人偷走了金印呢？巡抚左思右想。巡抚衙门戒备森严，一般人很难进来，更别说鬼鬼祟祟的小偷，肯定是身边的人干的。那么这个人会是谁呢？

巡抚把身边的人一个一个地从脑中过滤了一遍，他逐一排除，最后把怀疑的重点落在了手下的一位副将身上。对，肯定是他，因为只有他离自己最近，又参与公务，知道金印藏在什么地方。巡抚初步肯定了自己的猜测。

可是没有证据，他怎么会承认呢？如果贸然把他抓起来审问，为了销毁罪证，他的家人很可能将金印毁了，一样得不偿失。

正当巡抚为这件事情发愁的时候，他的夫人走了进来。巡抚夫人智慧超群，平常她总在巡抚背后为他出谋划策，帮助他解决了不少难题，因此深得巡抚的敬重与信任。巡抚见到夫人，如同见

巡抚衙门大堂突然着了火，大家纷纷赶来救火。巡抚从人群中喊出副将，将印箱交给他保管。

了救兵一般，毫不犹豫地把这件事关重大的事情告诉了夫人。夫人听后，仔细想了一会儿，在巡抚的耳边嘀咕了几句就离开了。

当天晚上半夜时分，巡抚衙门周围万籁俱寂，只有更夫在大街上巡夜。"天干物燥，小心火烛！"更夫的声音在寂静的午夜显得分外嘹亮。

此刻，一个黑影偷偷地来到巡抚衙门的大堂，点了一把火……

更夫巡了一遍街，刚想坐下来休息一下，忽然看见巡抚衙门的房顶冲起了火光。"着火了，着火了……"更夫的叫喊声、急促的敲梆声把大伙从睡梦中惊醒了。巡抚手下的官吏、士兵闻讯纷纷从家里赶来救火。那位被怀疑的副将也在救火的人群中。

巡抚此刻一脸黑灰，衣衫不整，好像刚从火堆中爬出来一样，他怀里还死死抱着一个小箱子，看样子这是一个很重要的东西。巡抚见副将也在救火，就焦急地把他从人群中喊出来，随手将手中的小箱子交给他，并命令道："这里面装着金

副将打开印箱一看，里面装着的是一块石头。

印，我好不容易才从火中抢出来。这地方太混乱，以防万一，你快把它带回家，暂时替我保管一下。"

副将犹豫了一下，但又不敢当着众人的面违抗命令，只好带着印箱回到了家。

副将当然知道印箱里根本就没有金印。他打开箱子一看，果然，里面放着的是一块沉甸甸的石头。

副将知道自己的事情败露了，心中暗自着急："怎么办呢？巡抚把印箱当着众人的面交给了我，如果我原封不动地还回去，巡抚'发现'里面的金印变成石头，一切责任都是我的了。谁都以为金印是在我这里弄丢的，如果说里面原本就是一块石头，谁会信呢？"他又转念一想："巡抚大人早就知道是我偷取了金印，不但没把我抓起来，还故意设置一个台阶给我，看来我不交出来良心上也过不去啊！"

第二天，副将把偷来的金印放回箱子里，交还给了巡抚大人。

成长时光

巡抚的高明之处就在于没有声张。他故意把印箱交给那位有重大嫌疑的副将，让他带回家保管。副将虽然知道箱子里没有金印，但是紧急情况下军命难违，他也只好应承下来，悄悄将金印放回了印箱。这个故事告诉我们：我们在做事的时候，要学会给别人一个台阶，这样才能给别人以挽回的余地。

巧辱西太后

1900年8月,八国联军攻陷北京,西太后慈禧带着光绪皇帝和王公大臣们仓皇逃到西安。此刻,她不但不抵抗,反倒命李鸿章为议和大臣,与侵略者签订了割地赔款的卖国条约。北京城平静下来后,她惊魂稍定,便动身返回北京。途中,她一时兴起,要带光绪和众大臣到古城开封一游,顺便到古刹相国寺烧香礼佛。

相国寺的主持智清方丈一向憎恶慈禧独揽朝政、卖国求荣的丑恶行径。在接驾献礼的时候,他向慈禧献上了一个红漆大木桶,木桶中装有满满一桶黄土,土中还长着一堆姜芽。借谐音"一统江山",来讥讽慈禧签订了丧权辱国的卖国条约,导致江山破碎,民不聊生。慈禧恨得咬牙切齿,但当时不便发作,便想寻机置智清方丈于死地。

慈禧在左右的搀扶下来到大雄宝殿,她抬头见殿门上方高悬着一块匾额,上面镶嵌着"古汴名蓝"四个大字,意思是"古城汴梁名寺"(开封古名汴梁)。慈禧见到这几个字,眼前一亮,她沉下脸来指着匾上的字问道:"智清,你知罪

见到大雄宝殿殿门上方的匾额上写有"古汴名蓝"四个大字,慈禧不由得勃然大怒。

智清从容地从放生池中爬了出来。

吗?"智清一看匾额,马上明白了慈禧的意思。但他故作不知,问道:"贫僧才疏学浅,不知何罪,请老佛爷明示。"没等慈禧开口,一旁的太监李莲英便立刻喝道:"大胆秃驴,竟敢犯老佛爷的名讳!来人,将这秃驴拿下,等候老佛爷发落。"

原来,匾上的"蓝"字犯了慈禧的名讳。其实这个"蓝"字,取自"伽蓝",意思是众僧居住的地方。可是,慈禧的乳名叫"蓝儿"。按照封建礼教的规定,对于帝王的名字,应避免写出或说出,这叫避讳。大雄宝殿匾额上的"蓝"字,正犯了慈禧的名讳,这岂不是犯了弥天大罪?

慈禧假惺惺地对智清说:"本宫也是佛门中人,本不愿加罪于你,可惜国法难容,你就到大殿前的放生池投池吧!"

智清也不答话,走到放生池边,纵身跳进池内。慈禧见解除了心头之恨,心里暗自高兴,刚要离开,忽然见智清又从放生池内爬了出来。

慈禧见他竟敢违背自己的命令,不由勃然大怒,喝道:"大胆智清,竟敢抗旨,来人……"智清水淋淋地走到慈禧面前,从容地说道:"贫僧不敢违旨,只是贫僧刚刚走到通往阴间的奈何桥上,就被一个人拦了回来。"

慈禧冷笑一声,问道:"何人如此大胆,竟敢违抗本宫之命?"智清答道:"启禀太后,此人乃是先帝乾隆皇帝。先帝亲口说,这匾乃是他亲笔所题,与贫僧无关,所以叫贫僧返回阳间。"

"既是先帝所题,为何没有先帝的落款?"智清答道:"先帝南巡路过开封时,一时兴起,御笔亲题了此块匾额。只因先帝是微服出访,故不便留名。"

慈禧自觉没趣,挥挥手说:"没事啦,你退下吧。"太监李莲英忙打圆场说:"方丈不要介意,刚才不过是老佛爷跟你开个玩笑。"智清又接着说:"刚才先帝还说,不知哪个不肖子孙,竟和老祖宗开起玩笑来,连寡人的御笔也不认得了!"

慈禧明知智清是借先人之口辱骂自己,可又无言答对,只好狼狈地离开了相国寺。

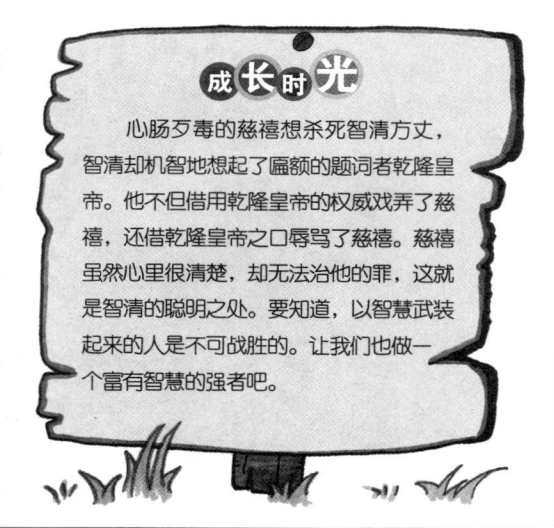

成长时光

心肠歹毒的慈禧想杀死智清方丈,智清却机智地想起了匾额的题词者乾隆皇帝。他不但借用乾隆皇帝的权威戏弄了慈禧,还借乾隆皇帝之口辱骂了慈禧。慈禧虽然心里很清楚,却无法治他的罪,这就是智清的聪明之处。要知道,以智慧武装起来的人是不可战胜的。让我们也做一个富有智慧的强者吧。

巧嘴东方朔

东方朔是我国西汉时期的文学家。汉武帝时，东方朔在朝廷中担任太中大夫。他为人诙谐滑稽，口才犀利，反应灵敏，经常用开玩笑的方式劝谏汉武帝。汉武帝对他也十分信任。

那个时代的许多读书人都避世于深山之中，自称隐士，淡泊名利。而东方朔却自称是避世于朝廷的隐士，并且自得其乐。

历史上有关东方朔的传说很多，其中最有趣的当数他喝"君山不死酒"的故事。

有一段时期，汉武帝迷恋上了修道，整天学习那些黄老之术，一心想修成神仙，以求长生不老。许多官员都投其所好，献上了各种各样的"灵丹妙药"，这个说吃了就能长生不老，那个说喝了就可以得道升天。江湖上的一些术士也借此机会招摇撞骗。不仅如此，民间的老百姓听说这件事，也都跟着学起来，今天这儿出了一个半仙，明天那儿生了一个圣人。一时间，上至整

由于东方朔偷喝了仙酒，汉武帝一气之下令卫兵将他绑了起来。

个朝廷，下至民间的街头巷尾，都被弄得乌烟瘴气。

东方朔看在眼里，急在心头。他心知世上根本就没有什么神仙，所谓的神仙不过是人们幻想出来的罢了。可是汉武帝对长生不老术着了迷，根本不听规劝。如果谁说得不中听，还会被他狠狠地惩罚一顿。

有一次，汉武帝听说君山上藏有数斗美酒，人若是喝到此酒，就可以变成神仙，永远不死。汉武帝十分高兴，于是采纳了一个术士的建议，斋戒七天，他还下令全国的百姓七天之内不许动烟火，都陪他斋戒。

斋戒的期限满了，汉武帝又派一个术士带了几十个童男童女到山上祈求，终于得到了"仙酒"。

"仙酒"请回来以后，汉武帝还没来得及喝，东方朔就偷偷地把酒全喝光了。汉武帝一见十分震怒，于是派人把东方朔抓起来，要推出去斩首示众。没想到，东方朔不慌不忙，态度很从容。

汉武帝见状大惑不解，于是问他：

东方朔凭着自己过人的智慧，而成为一代"智圣"。

"你就要被斩首了，居然不怕吗？"

东方朔笑笑说："不是不怕，而是臣知道自己肯定死不了。"

汉武帝听了，更加生气地说道："君要臣死，臣不得不死。你是质疑朕的威信吗？"

东方朔镇定地说："皇上的威信名满天下，谁敢质疑？不过，微臣刚刚不是喝了陛下的仙酒吗？假如仙酒真的灵验，就是您杀我，我也死不了啊！但若是我死了，就说明这酒根本就没有用。臣也算替陛下验证了酒的真假，就是死了也无憾了。"汉武帝听了东方朔的话，低头想了想，终于明白了其中的道理。于是，他转怒为喜，命人解开了缚在东方朔身上的绳索，把他放了。

从此以后，巧嘴东方朔的名声就传开了。大家都交口称赞他是天下第一的聪明人。

成长时光

这个故事中，东方朔运用了逻辑学上的"归谬法"，即先假定某论题是真的，然后由它推出荒谬的结论，让对手无法自圆其说，使原来持错误观点的人再冷静去思索、评判自己的观点。这样的进谏，不言而言，不说而说，是用于拆穿骗局的有利手段。这种反驳方法值得我们学习。

商鞅南门立木

战国初期,秦国还是一个相对落后的小国,政治、经济、文化各方面都远不如中原各诸侯国。临近的魏国经常欺凌比自己弱小的秦国,还从秦国夺去了河西一大片土地。

公元前361年,秦国的秦孝公即位,他下决心发奋图强。他深知人才乃治国之本,于是颁布了一道命令:"不论是秦国人还是外来的客人,谁要是能想办法使秦国富强起来的,寡人就封他做官,享受丰厚的俸禄。"

秦孝公这样一号召,果然有不少有才干的人前来投奔他。其中有一个卫国的贵族商鞅,在卫国得不到重用,就来见秦孝公。商鞅对秦孝公说:"一个国家要想富强,必须重视农业;想把国家治理好,就必须赏罚分明,这样朝廷才会有威信,一切改革也就容易进行了。"

秦孝公完全同意商鞅的主张,决定让他来实施改革。可是秦国一些顽固贵族和大臣害怕改革会影响自己的利益,于是都竭力反对。他们的势力强大,秦孝公怕

见有人搬起木头,人们都议论纷纷。

商鞅言出必行，当即赏给了搬木头人的五十两黄金。

因此事而影响到自己的统治地位，就把改革的事暂时搁置了下来。

过了两年，秦孝公的皇位坐稳了，就拜商鞅为左庶长（秦国的官名，军政首席大臣），并宣布："从今天起，改革制度的事全部交由左庶长来执行。"

商鞅起草了一个改革的法令，但是他怕老百姓不信任他，就先叫人在都城的南门竖了一根木头，并下令说："谁能把这根木头扛到北门去，就赏给他十两黄金。"

还有这样的好事？百姓们奔走相告。不一会儿，南门口就围了一大堆人，大家议论纷纷，有人就说："这根木头谁都搬得动，哪用得了十两金子，肯定是左庶长在拿我们寻开心呢！"大家听人这么一说，都觉得有理，所以他们没有一个人动手，都站在一旁围观，想看看究竟有哪个傻子肯去搬这根木头。

商鞅知道老百姓没有把他的命令当真，就把赏金提高到了五十两黄金。没想到赏金越高，看热闹的人越觉得这件事荒谬，越是没有人愿意去扛木头。

正在大伙儿议论纷纷的时候，一个过路人路过这里，他打听到是怎么回事后，就自告奋勇地说："我来试试。"他说完，扛起木头就走，一直扛到了城北门。

商鞅立刻兑现了他的诺言，赏给扛木头的人五十两黄澄澄的金子，一两不差。这件事立即传开了，一下子轰动了秦国。老百姓都说："左庶长言出必行，说话算话。"

商鞅知道，他的命令已经起到了作用，就把他起草的新法令公布了出去。

新法令赏罚分明，规定官职的大小和爵位的高低以打仗立功为标准，贵族没有军功的就没有爵位；奖励耕织，凡多生产粮食和布帛的，免除徭役；凡是因为懒惰而贫穷的，连同妻子儿女都要被罚做官府的奴婢。

秦国自从商鞅变法以后，农业产量增加了，军事力量也增强了，很快就变成了一个强国，并最终消灭了其他六国，建立起中国第一个中央集权的封建王朝。

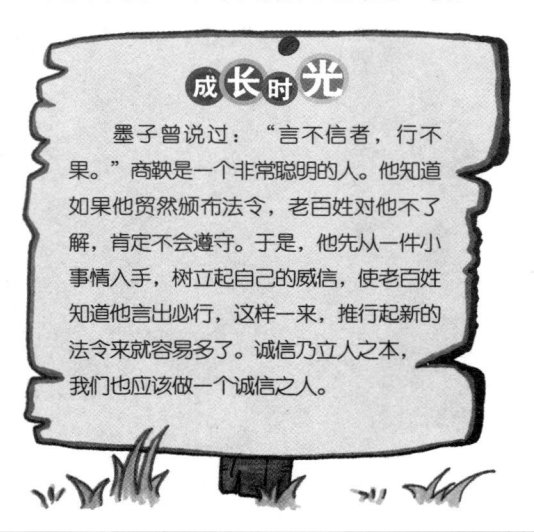

成长时光

墨子曾说过："言不信者，行不果。"商鞅是一个非常聪明的人。他知道如果他贸然颁布法令，老百姓对他不了解，肯定不会遵守。于是，他先从一件小事情入手，树立起自己的威信，使老百姓知道他言出必行，这样一来，推行起新的法令来就容易多了。诚信乃立人之本，我们也应该做一个诚信之人。

谁认识的人多

从前,有个财主过六十大寿,前来祝寿的人络绎不绝,他们大包小包,纷纷给财主献上了贺礼。看着堆成小山似的礼物,财主笑得合不拢嘴,他让长工李狗娃把这些寿礼搬到屋里,然后招呼客人们进屋吃饭。酒饭可真丰盛哪,吃的是山珍海味,喝的是琼浆美酒。

客人们在大吃大喝,李狗娃却在跑进跑出地搬寿礼,累得腰酸背疼。看着屋子里杯盘狼藉,李狗娃想,这财主过一次生日,该糟蹋农民多少血汗钱呀?我们长工累死累活,快到年关了还不给工钱。他越想越咽不下这口气,决定气气财主。

这时,李狗娃听到管家正在酒桌上恭维财主:"老爷呀,今日拜寿的宾客这么多,你看这寿礼搬都搬不完,老爷您人缘真好!"财主听了哈哈大笑,满面红光地对管家说:"说得好,今天高朋满座,我的朋友遍天下啊!"

李狗娃闻听此言,故意高声对其他

财主过生日,好多人前来庆贺。

长工说："伙计们！老爷这才认识几个人啊！等我六十大寿时，你们去看，贺寿的人起码比这多一半！"

"什么？"财主一听，气得胡子乱颤。他奸笑道："你认识的人会比我多？那我就与你打个赌，咱们比比看，看到底谁认识的人多！"财主在众宾客面前被李狗娃拂了面子，恼羞成怒。

"比就比！"李狗娃毫不畏惧。

"明天早上你和我上街走一圈，你要是比我认识的人多，我把这寿礼的一半白送给你。你要是没我认识的人多，哼哼，你说该怎么办？"财主想当着众人的面令李狗娃难堪。他暗想："李狗娃啊李狗娃，你可真是自不量力！你整天累死累活，没个闲工夫，能认识几个人？再说你拿什么跟我赌？"

管家连忙说："老爷，就罚他再白干三年活，不给工钱！"

"好，就这样办，正好今天客人多，也请大家作个证明！"财主洋洋得意地说。

李狗娃并不担心会输给财主，他早

李狗娃的背上写有自己的名字，路人见后便纷纷叫出了他的名字。

已胸有成竹。第二天清早，财主早等在街口，见到李狗娃过来了，便一扭头，带头走在前面。管家也跟在一旁，他撑着洋伞，与财主边走边谈，神情傲慢。百姓一见纷纷退避。

李狗娃等他们走出三丈多远，赶紧穿上一件布衫，迈开脚步，跟在他们后面。"嘿！李狗娃！"一个小孩子首先叫了起来。"啊？李狗娃在哪儿？"人们都奇怪地左顾右盼。"看！李狗娃！"大家都在指着李狗娃看。

满街都在叫着李狗娃的名字，李狗娃不停地点头，左右招手，就像真的与这些人认识一般。而满大街的人都不答理财主，跟看不见他似的。财主看到有这么多人认识李狗娃，气得脸都绿了。

真的有这么多人认识李狗娃吗？原来，前天夜里，李狗娃找来一块白布，写上自己的名字，缝在了一件布衫的后背上。第二天，他穿着这件布衫，别人看见他身上的字，自然就会读出来了。

财主并不知道真相，可为了在朋友面前证明自己言而有信，他只得乖乖把一半寿礼送给了李狗娃。

成长时光

虽然认识李狗娃的人不多，但是认识字的人却很多。聪明的李狗娃把自己的名字写在身上，路人一念，就好像认识他似的。虽然认识财主的人多，但他很傲慢，行人都躲着他走。这样一比较，财主就输给了李狗娃。所以说，智慧的力量是无穷的，它可以变不可能为可能。让我们做一个聪明的人，用智慧来保护自己吧。

司马光砸缸

司马光是北宋时期著名的政治家、文学家。他一生勤于治学,编纂了著名的编年体通史《资治通鉴》,为后世了解封建历史提供了极其重要的参考资料。

司马光从小就十分聪明。据说,他七岁时,听到别人讲了一遍《左氏春秋》,就能完整地把书中的主要内容复述下来。同年,他开始读书,不论是三伏天还是数九寒冬,他总是手不释卷,达到了废寝忘食的地步。

司马光不但是一个用功读书的好孩子,而且少年老成,临危不乱。

司马光家后院的假山旁有一口水缸,水缸很大,需要几个大人一起才能抬得动。由于里面装满了水,平时大人们总不让司马光靠近。

有一次,一群小朋友和司马光在后院玩捉迷藏,院子很小,小朋友们躲在哪儿都很容易被司马光找到,大家玩着玩着就觉得没意思了,就决定找点新鲜的东西玩。

可是玩什么呢?一个小朋友环顾四周,注意到了假山旁的大水缸。由于水缸比这个孩子的个头还高,他不知道里面装了什么,就问司马光:"这大缸里装的什么呀?"

司马光忙说:"这里面是满满一大缸

一个小孩站在缸沿,不住地向其他小朋友炫耀。

司马光搬起一块大石头，使劲朝水缸砸去。

水，你不要靠近它，否则会很危险的。"

这个小孩很执拗，他不相信司马光说的话，想亲自探个究竟。他趁司马光不注意，就悄悄地绕到假山后面，攀着假山慢慢地爬上了缸沿。等其他小朋友们发现时，他已经站到了水缸沿上。

站在高处的感觉真好，有种高高在上的感觉，他顿时觉得自己很了不起，招呼小朋友们说："看我多勇敢，你们谁敢爬上来？"

小朋友们见他站在大水缸沿上，连忙惊呼起来："上面太危险，赶快下来。"

他见小朋友们如此惊慌失措，嘲笑道："一帮胆小鬼，这点小事把你们吓成这样。"说完，他还不住地冲下面的小朋友们做鬼脸。司马光见状，严厉地说："赶快下来！不然以后休想让我们再带你玩。"

那个小朋友只好嘟囔着说："下来就下来，有什么大不了的，你们让开。"说完，他弓起身子准备往下跳。司马光连忙阻止他："不要往下跳，从原路返回。"小朋友不听劝告，一蹬脚，就想往下跳。

就在这时，他脚下一滑，"扑通"一声掉到了水缸里。水缸里的水顿时就漫过了他的头顶，他一连呛了好几口水，叫喊着扑腾了几下之后就沉了下去，没有动静了。

孩子们见他掉进了水缸，一下子都慌了神，吓得哭喊着往外跑："快来人哪，有人掉进水缸了。"

眼看那个小孩子就快要被淹死了，可是大人们都在屋里，等他们赶过来就来不及了。

在这危急的时刻，司马光抑制住惊慌，冷静地环顾四周，想看看有什么工具可以让那个小伙伴脱险。

司马光看见不远处有一块大石头，就立刻跑过去把那块大石头搬起来，用尽全身的力气朝水缸砸去。没砸两下，就听"砰"一声，水缸破了一个大洞，缸里的水"哗哗"地流了出来，水缸里的孩子也得救了。

这时大人们都跑过来了，看到孩子已经平安脱险，不由得对司马光大加赞赏。司马光砸缸救人的事很快就传开了。

成长时光

和其他的小朋友相比，司马光不仅遇事沉着勇敢，而且机智果断，他想到既然无法将人直接从水里救出来，索性把缸砸破，让水"离开"落水者。我们在遇到危险的时候一定要沉着冷静，这样才可以在最短时间内想出解决问题的方法。另外，紧要关头决不可优柔寡断，而应该马上付诸行动，解决问题。

孙亮明辨老鼠屎

孙亮是三国时期的吴国国主孙权的儿子，13岁就继承了父亲的皇位。孙亮非常聪明，观察和分析事物都非常深入细致，常常能使疑难问题得出正确的结论，为一般人所不及。

有一次，孙亮想吃用蜂蜜腌渍的梅子，就叫内侍到仓库里去取蜂蜜。

内侍很快便取回了蜂蜜。孙亮打开封盖一看，里面竟然有几粒老鼠屎，不由得勃然大怒："是谁这么大胆？竟敢在蜂蜜里放老鼠屎？这到底是怎么回事？"孙亮厉声质问内侍。

内侍跪倒在地，战战兢兢地说："陛下，微臣从库房里取出蜂蜜就即刻赶了过来，不清楚到底发生了什么事，不过据微臣推测，此事极有可能是库吏疏于职

看着内侍和库吏争得难分难解，互不相让，孙亮忽然想到一个好办法。

守所致，他整日游手好闲，一定是他的渎职才使老鼠屎掉进了蜂蜜里，坏了主公的雅兴，实在是罪不可恕。请您降他的罪，狠狠惩罚他！"

孙亮闻言赶紧命人召来了掌管仓库的小库吏，问他："刚才内侍是从你那儿取的蜂蜜吗？"小库吏见孙亮如此震怒，不明白到底发生了什么事，回答说："是的，是我亲自交到他手上的。"

"哦，那你老实交代，蜂蜜里为什么会有老鼠屎？"

一听此言，小库吏的脸刷地白了，他连话都说不利索了："可，可是……可是我交给他时里面没有老鼠屎啊！"

内侍一听，气势汹汹地反驳道："你撒谎，事实摆在眼前，分明是你平日管理不善，让老鼠糟蹋了蜂蜜，死到临头，你还想推脱责任吗？"

小库吏也急了，赶忙争辩："装蜂蜜的罐子盖得严严实实，老鼠根本爬不进去，又怎么会有老鼠屎？"

"这么说，是我放进去的了？"内侍诘问道。

成长时光

内侍为了陷害小库吏，故意把老鼠屎放进了孙亮要吃的蜂蜜中。孙亮想到了老鼠屎长时间浸泡在蜂蜜里，会被浸湿。所以，他很快就得出了正确的结论。可见，对于形势复杂又难以判断的事物，要全面分析、推理，开动脑筋想办法，不被表面现象所迷惑，这样才能正确认识事物的现象和本质。

他俩你一言我一语地争辩起来，互不相让。聪明的孙亮想了一会儿，然后很有把握地说："不要再争了，谁是谁非，很容易弄清楚。"他当即命人把老鼠屎从蜂蜜里捞出来，当着众人的面，切开来看了看，然后笑着说："这分明是内侍想陷害库吏，趁今天取蜂蜜时搞的鬼。"

左右大臣迷惑不解，不知道年幼的皇帝怎么会得出这样的结论。

见阴谋被识破，内侍赶紧跪下来向孙亮磕头认罪。

孙亮说："假如老鼠屎早就掉进了蜂蜜里，浸了很久，应当里外都是湿的。可是现在却是外湿内干，可见放进去的时间并不长，显然是内侍别有用心，趁这次取蜜的时候把老鼠屎放进去的。"

内侍听后，吓得浑身筛糠一般，不住地磕头认罪，承认自己是因为上次向库吏讨要蜂蜜不成，怀恨在心，趁这个机会，偷偷地在蜂蜜中放入老鼠屎，栽赃小库吏。

弄清了事情的原委，孙亮重重地处罚了这个心术不正又心胸狭窄的内侍。大臣们都对这个年轻的小皇帝产生了由衷的钦佩之情。

所罗门判子

所罗门是古代以色列国的国王,以聪明过人著称于世。

有一天,所罗门带领卫兵在街上巡视时,发现路边有两个妇女正在激烈地争吵,其中一个怀里抱着一个孩子,正四处躲闪,另一个则左抓右扑,拼命想把孩子抢过来。孩子在两个大人的抢夺中被吓得"哇哇"大哭。当时,周围有很多看热闹的人,但谁也没有上前劝阻。

见此情景,所罗门便让卫兵去问问到底是怎么回事。

不一会儿,卫兵回来了,还顺便把两个妇女带了过来。原来这两个妇女是为一个孩子的归属而发生了争执。一位名叫阿米珍的妇女对所罗门说:"陛下,多丽和我同住在一所房子里。不久前我生了一个孩子,我的孩子出生三天后,她也生了一个孩子。有天夜里,她的孩子死了,她就趁我睡着的时候,把我的孩子抱到她的床上,把她的孩子放在我身边。当我醒来给孩子喂奶的时候,突然发现孩子死了,不过我很快就发现那不是我的孩子。"

这时,多丽抢着说:"不对!我的孩子活着,是你

阿米珍向所罗门哭诉,说孩子是自己的。

所罗门判子 | 63

见所罗门下令将孩子劈成两半，阿米珍赶紧用身体挡住了士兵的大刀。

的孩子死了！"阿米珍反驳道："不对，是你的孩子死了，我的活着！"就这样，她们又在国王面前大声地争吵起来。

所罗门见她们互不相让，就问道："你们能说出自己的孩子有什么明显的特征吗？"

"这……"阿米珍和多丽停止了争吵，变得有些迟疑。

阿米珍面有难色地说："陛下，您知道，孩子出生还不到一个月，很难说出有什么明显的特征。"

所罗门想了想，就说："既然你们都说这孩子是自己的，也确实拿不出证据证明他的母亲到底是谁，这样吧，不如将孩子劈为两半，你们每人一半，这样就公平了。"

"啊？"阿米珍一下子惊呆了，她不明白所罗门王为什么要如此判决。一旁的多丽却表现得无动于衷，这一切，所罗门都看在了眼里。

此刻，侍立两边的武士听到所罗门的命令后，已经手持明晃晃的大刀走了过来！

"不要……"阿米珍突然发疯似的冲了过来。她挡在大刀前面，用自己的身体护卫着孩子，哭着对所罗门王说："陛下，请不要伤害这个可怜的孩子，我不争了，把孩子给她吧！"

而多丽却说："不行，陛下的判决是公正的，应该一人一半。"

所罗门王听了多丽的话，生气地指着她说："来人呀！把这个狠心的假妈妈拖下去！"然后他又对阿米珍说："你才是孩子真正的母亲，现在带着孩子回家去吧。"

所罗门是怎么知道这个孩子是阿米珍的呢？原来，他是利用母爱的力量帮自己断了案，他知道，母爱是一种自然的流露，没有一个母亲愿意看到自己的孩子被杀害。

所罗门把孩子还给了阿米珍。阿米珍搂紧了孩子，含着眼泪向国王道谢。这下人人都知道了所罗门王的智慧与英明。后来，西方人称赞某个人的聪明才智，总喜欢用"所罗门的智慧"来形容。

成长时光

母爱是世界上最无私的爱，也是世间最伟大的力量。所罗门国王声称要将孩子一分为二时，真母亲不忍心看着自己的孩子被杀掉，因此宁愿将孩子判给对方。而假母亲则觉得反正自己得不到，所以同意杀死孩子。聪明的所罗门国王通过对比她们的表现，就知道愿意让出孩子的母亲才是真正的母亲。

田忌赛马

战国时期,赛马是当时最受齐国贵族欢迎的娱乐项目。上至国王,下到大臣,常常以赛马取乐,并以重金赌输赢。他们赛马有个规矩,就是把各自的马按照优劣分为上、中、下三等,每个等次分别冠以不同的装饰。这样,上等马同上等马比,中等马与中等马比,下等马与下等马比,以三局两胜定输赢。

一天,齐威王和大将军田忌进行了一次赛马。由于齐威王的每个等次的马都胜田忌的马一筹,所以尽管田忌的马拼尽全力,一场比赛下来,他还是以三比零大败,输掉了一大笔钱。田忌垂头丧气地准备离开赛场时,迎面碰上了他的好友孙膑。

孙膑跟田忌打了个招呼后,对他说:"我看了比赛,齐王的马比你的马快不了多少啊!你和齐王再赛一次,我有办法让你赢得齐王。"

田忌怏怏不乐地说:"怎么赢?齐王的马都是全国最好的马,我去哪儿找比它们跑得更快的马?"

孙膑说:"不用找别的马,你把马交给我,我包你赢得比赛。你去约齐王明天再举行一场比赛吧。"

田忌平时很佩服孙膑的足智多谋,因此虽然他将信将疑,但还是去向齐王约定了明天的比赛。齐威王正处于胜利的喜悦中,他毫不犹豫地答应了。

第二天的比赛吸引了更多观众,满朝文武官员和城里的平民也都赶来看热闹,他们都想看看田忌用什么办法赢得齐威王。

由于齐威王第一场比赛胜利

田忌和齐威王的马在场上你追我赶,田忌不由得为自己的马暗捏了一把汗。

在先，而田忌相信孙膑会让自己赢得比赛，于是两个人都加大了比赛的赌注。一场激战即将开始。

两匹披挂上等装饰的马首先出场了，比赛一开始，齐威王的马就遥遥领先于田忌的马，很快，田忌的马就输掉了第一局。齐威王见赢得如此容易，不由得哈哈大笑。田忌也不禁产生了怀疑："孙膑呀孙膑，你搞什么鬼，怎么让我输得比昨天还惨？"

面对田忌的疑问，孙膑道出了获胜的缘由。

第二局比赛是两匹中等装饰的马上场。比赛很快就开始了，出人意料的是，田忌的马并没有被远远地甩在后面，而是大有领先的趋势。两匹马你追我赶，很快，田忌的马就一马当先，在众人的喝彩声中，抢先冲到了终点。

齐威王见输了第二局比赛，脸色有些难看，他下令马上开始第三局比赛。

目前双方打了个平手，第三局是决定胜负的关键一局。此刻，场外群情高涨，他们好久没见过如此精彩的比赛了。田忌也分外紧张，不由得为自己的第三匹马捏了把汗。

比赛开始了。发令旗一挥，两匹马就争先恐后地冲了出去。它们旗鼓相当，你追我赶，马蹄声、场外观众的助威声响成了一片。没想到田忌的马经过孙膑的"调教"后大有长进，一路领先到达了终点。

结果田忌的马以三局两胜赢得了比赛，齐威王只得眼睁睁地看着田忌拿走了巨额的赌注。

赛后，田忌不解地问孙膑："你究竟给我的马吃了什么灵丹妙药，竟然跑得比齐王的马还快？"

孙膑哈哈一笑，说道："哪有什么灵丹妙药，我只不过把你的马换了一下装饰，让你的下等马披上等马的装饰，上等马披中等马的装饰，中等马披下等马的装饰。昨天比赛时，我注意到同一等次的马，齐王的都比你的快，但快不了多少。如果你用上等马对齐王的上等马，中等马对齐王的中等马，下等马对齐王的下等马，自然会输。可是如果用你的下等马对齐王的上等马，上等马对齐王的中等马，中等马对齐王的下等马，这样你输了第一局，其他两局则是赢定了。"

成长时光

在孙膑的指导下，田忌用自己的下等马应对齐王的上等马；用自己的上等马应对齐王的中等马；用自己的中等马应对齐王的下等马，因此以二比一赢得了比赛。在竞赛中，策略是很重要的：在双方条件相当时，对策得当可以战胜对方；在双方条件相差很远时，对策得当也可将损失减低到最低程度。

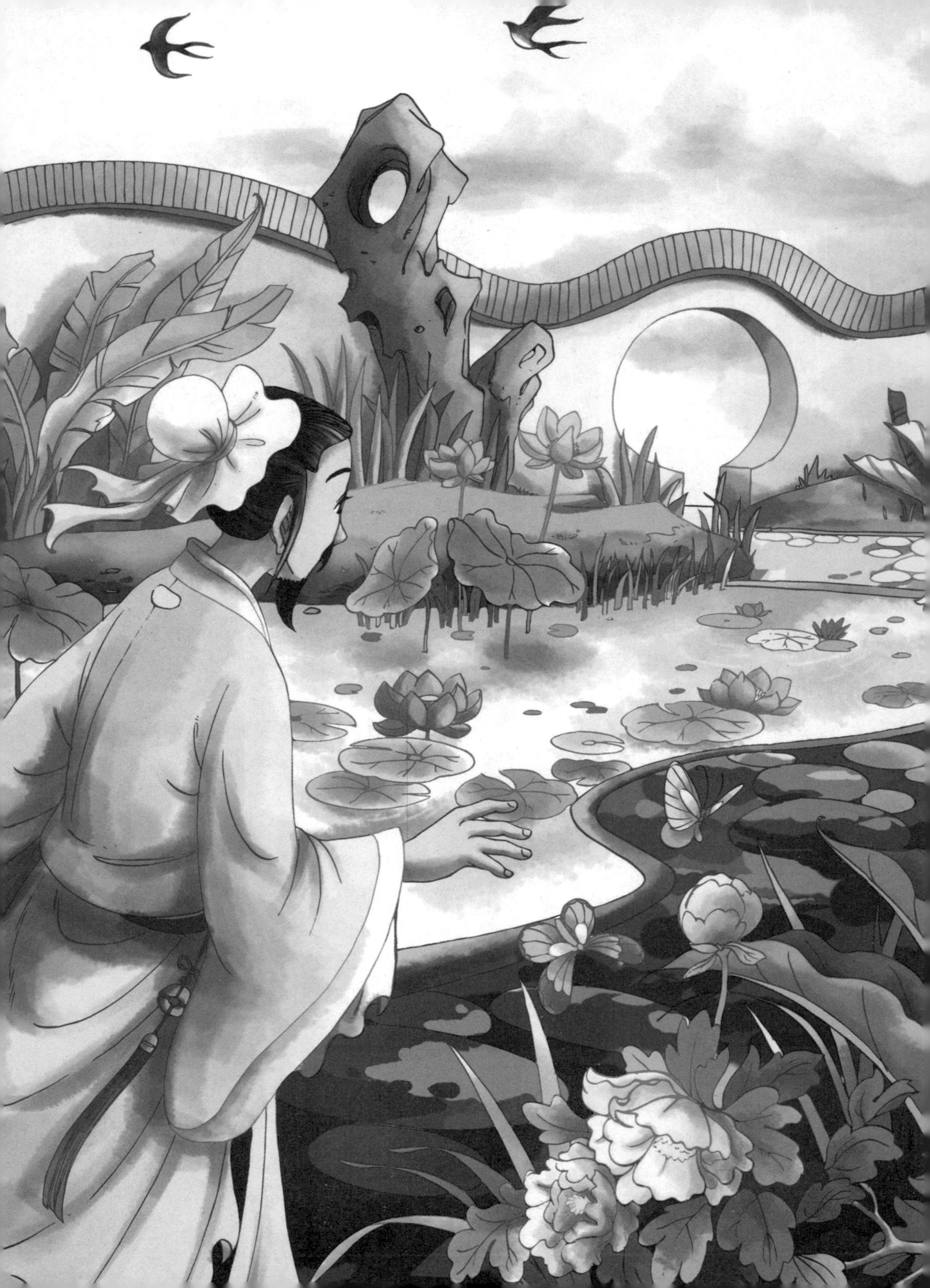

第二章
励志故事

Encouragement Stories

人生的路不可能一帆风顺，随处可见硌脚的砾石、刺人的荆棘。遇到这些突如其来的、阻碍我们前进步伐的障碍物时，你会怎么办？是畏缩不前，还是迎难而上？当你不知道怎么办时，本章内容或许会对你有所启发。

布鲁斯国王已经连续六次战败，是什么使他重燃必胜的信念之火？为了证明一道数学难题，陈景润竟然演算了好几麻袋草纸，你还会认为他取得的成就仅仅是靠运气吗？奥斯特洛夫斯基在全身瘫痪、双目失明的情况下，写出了《钢铁是怎样炼成的》这一伟大的著作，你能体会到这辉煌成绩背后的艰辛吗？还有达·芬奇坚持画鸡蛋、陈子昂浪子回头苦读书、竺可桢三十八年坚持写日记、张彦十年成一画……这一个个故事，犹如一盏盏明灯，将会在你学习或生活面临困境、遭遇挫折时，照亮你前进的方向。

把自己吊起来的人

以前有一个叫孙敬的政治家,他年轻时读书非常勤奋,常常废寝忘食,通宵达旦。长此以往,由于缺少睡眠,孙敬在读书时总抑制不住困意,通常读着读着,双眼就不自觉地合到了一起,头也慢慢地垂到书桌上,就这样睡着了。

孙敬每次醒来的时候,就会马上意识到自己又浪费了好多时间,孙敬总不住地自责。孙敬暗暗下定了决心——一定要想个办法不让自己在该学习的时候打瞌睡。

可是用什么办法好呢?孙敬左思右想都不知如何是好,真是一筹莫展。

有一天,孙敬躺在床上打算睡觉,可是那个困惑依然在他心头盘旋不去,折磨得他翻来覆去合不上眼。他只好盯着房梁发呆。看着高悬的房梁,忽然,一道灵光从他的脑海中闪现。孙敬立刻兴奋地坐了起来。他摸了摸自己的头发,暗自高兴:长度正好合适。于是,他东翻西找,找出一根绳子,把绳子的一头牢牢地绑在房梁上,另一头则系在自己的头发上,然后坐到书桌前试了一下,头发被揪得生疼,真的可以马上消除困倦。

就这样,孙敬找到了一个防止打瞌睡的办法。每天埋头苦读之前,他都会先用绳子系住头发,拴在房梁上。就这样,每当他读书时困得低头时,绳子就会牵住头发,把头皮扯痛,使他马上清醒过来,可以继续读书。通过这个办法,孙敬每天为自己争取了尽可能多的读书时间,学业上突飞猛进。

孙敬每次读书的时候,总是忍不住打瞌睡,往往读着读着就睡着了。

孙敬由于整日忙于学业，无暇顾及其他，连朋友相聚都忘了。一个朋友见多日不见孙敬，便主动前来拜访。

他来到孙敬家门口，见院门紧闭，禁不住心想："大白天门关得如此严实，难道不在家？既然已到此，还是确定一下吧。"于是，他就敲了敲门，但许久不见有人出来。

朋友纳闷了："孙敬是个勤学之人，此时不应该外出啊！"随后，他便在门口大声叫道："孙敬在家吗？在下前来拜访。"许久，依旧不见有人来开门。朋友便自己推门进了院子。

院子里静悄悄的，只有几只小鸟很悠闲地在地上啄食。见有来人，小鸟扑棱着翅膀飞走了。孙敬的屋子在院子最里面，此刻，屋门正虚掩着。朋友赶紧上前推门而入——天哪！眼前的情景让朋友大吃一惊，孙敬把头发系在房梁上的绳子上，正看书呢！

"你在玩什么花招啊？"这位朋友吃惊地问。

"啊，我怕自己打瞌睡，所以想出了这个好办法，还挺管用的呢！"孙敬一边站起来解开头发上的绳子，一边不好意思地向朋友解释。

孙敬把头发悬在房梁上。这样，他一打瞌睡，绳子就会拉住他的头发，使他很快清醒过来。

这位朋友不解地问："困了就睡是应该的啊，你何苦这么折磨自己呢？"

"不行，人总是好逸恶劳的，如果一味地放纵自己，想睡就睡，想玩就玩，最终就什么也干不成。"孙敬坚定地回答道。听罢，朋友被孙敬的学习态度所深深地折服了。

就这样，孙敬强迫自己认真读书，最终成为东汉时期有名的政治家。后来，人们把孙敬读书时想出来的这个方法叫做"头悬梁"，用来形容刻苦学习的精神。

成长时光

《易经》有云："劳谦君子，有终吉。"孙敬为了对抗自己的懈怠和懒惰，竟想出了这种离奇的办法，可见他是一个极其专心刻苦的人。虽然"头悬梁"这种方法并不可取，但这种精神值得我们每个人好好学习。大家学习心不在焉的时候，想想把自己吊起来的孙敬，或许会有所激励。

布鲁斯和蜘蛛

很久以前，苏格兰有个国王，名叫罗伯特·布鲁斯。他所处的时代还比较野蛮，国与国之间总通过不断的征战来获取领土及其他财富。英格兰与苏格兰相邻，英格兰的的国王一直对苏格兰的大片领土垂涎三尺。

这一年，经过精心的筹划和准备，英格兰国王宣布向苏格兰正式开战。他亲自率领大军侵入苏格兰，想要把布鲁斯赶出国土。

面对强大的对手，布鲁斯国王毫不畏惧，他号召苏格兰人民勇敢地抵抗英格兰军队的进攻。但是，布鲁斯的军队和英格兰军队的人数相差悬殊，加上英格兰军队准备充分，所以英格兰军队势如破竹，打得苏格兰军队溃不成军。

面对失败，布鲁斯国王没有放弃。他重整队伍，一次又一次地与敌人英勇作战。战斗进行了五次，每次都是以苏格兰军队大败而告终。

布鲁斯失望地躺在树下，忽然，一只蜘蛛吸引了他的注意力。

终于，在第六次战斗中，苏格兰队伍溃散了，布鲁斯也无力再组织人民反抗长驱直入的侵略者了。

布鲁斯和大部分人马都走散了，英格兰军队也正在四处悬赏捉拿他，所以他被迫躲在群山深处。此刻，他已筋疲力尽，感到前途一片渺茫。

"怎么办？已经连续失败六次了，现在部队已经所剩无几，而我也已经身负重伤，看来注定是要失败了，我根本无法战胜强大的英格兰。"布鲁斯躺在一棵大树下垂头丧气地想。

就在他无比绝望的时候，树枝上一个黑色的小动物吸引了他的注意力。那是一只蜘蛛，正准备在这棵大树上结网安家。

布鲁斯出神地盯着这只蜘蛛小心翼翼地辛勤劳作。它正试图把它那纤弱的细丝从一个树枝系到另一个树枝上去，可是由于距离太远，第一次它失败了。蜘蛛没有放弃，马上重新开始，就这样一次、两次……它一连试了六次，每次都以失败而告终。

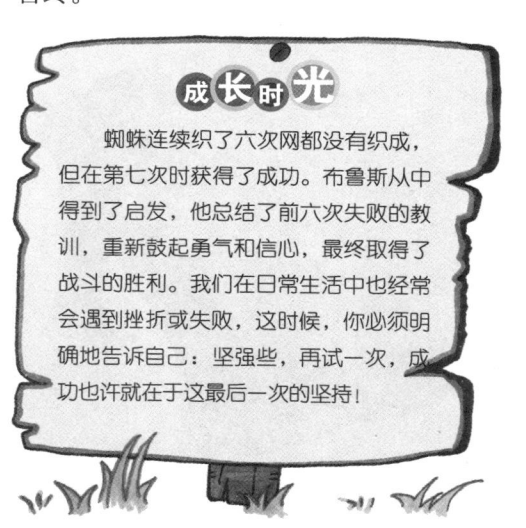

"可怜的小东西！"布鲁斯忧伤地说道，"你也知道失败的滋味了吧，还是重新找个地方安家吧。"但是令布鲁斯感到意外的是，蜘蛛并没有由于六次的失败而灰心。它反而更加小心谨慎地开始了第七次尝试。

布鲁斯重整旗鼓，率领军队把英格兰人赶出了苏格兰。

布鲁斯全神贯注地盯着蜘蛛的第七次努力，几乎忘记了自己的烦恼。它会再次失败吗？只见蜘蛛不紧不慢地把自己挂在细丝上，然后使劲一摆，终于成功地攀上了第二根树枝，那根丝也被稳妥地带到了树枝上，牢牢地系在那儿了。

"我也要做第七次尝试！"布鲁斯情不自禁地喊了一声。此刻，受到蜘蛛不屈不挠的精神的鼓舞，布鲁斯已经斗志大发，他决意要东山再起。

布鲁斯费尽周折，把他的士兵召集到了一起，把自己的计划告诉了他们，并派人把振奋人心的信息带给他那些灰心丧气的臣民。不久，他凭自己的号召力和凝聚力再次组成了一支勇敢的苏格兰军队。

第七场战斗打响了，布鲁斯和他勇敢的士兵抱着必胜的信念，终于打败了英格兰军队，把他们赶出了苏格兰国土。

成长时光

蜘蛛连续织了六次网都没有织成，但在第七次时获得了成功。布鲁斯从中得到了启发，他总结了前六次失败的教训，重新鼓起勇气和信心，最终取得了战斗的胜利。我们在日常生活中也经常会遇到挫折或失败，这时候，你必须明确地告诉自己：坚强些，再试一次，成功也许就在于这最后一次的坚持！

不用麻醉药的手术

刘伯承于1892年出生于四川省开县的一个农村，他是中国人民解放军的创始人和领导人之一，也是伟大的无产阶级革命家和军事家。

1916年3月，刘伯承参加护国讨袁的丰都之战时，一颗子弹从他的头顶射入，从右眼眶飞出，头部和右眼角负了重伤。

在百姓们的帮助和掩护下，几经辗转，刘伯承被送到重庆一家德国人开的私人诊所医治。

负责给刘伯承医治眼伤的是德国医生沃克。沃克医生生性孤傲，他并不知道自己的接待的病人是川中名将，只是像对待普通病人那样对他进行诊治前的例行登记。"什么名字？"沃克医生头也不抬，冷冷地问。"刘大川。""年龄？""二十四岁。""什么病？""土匪打伤了眼睛。"

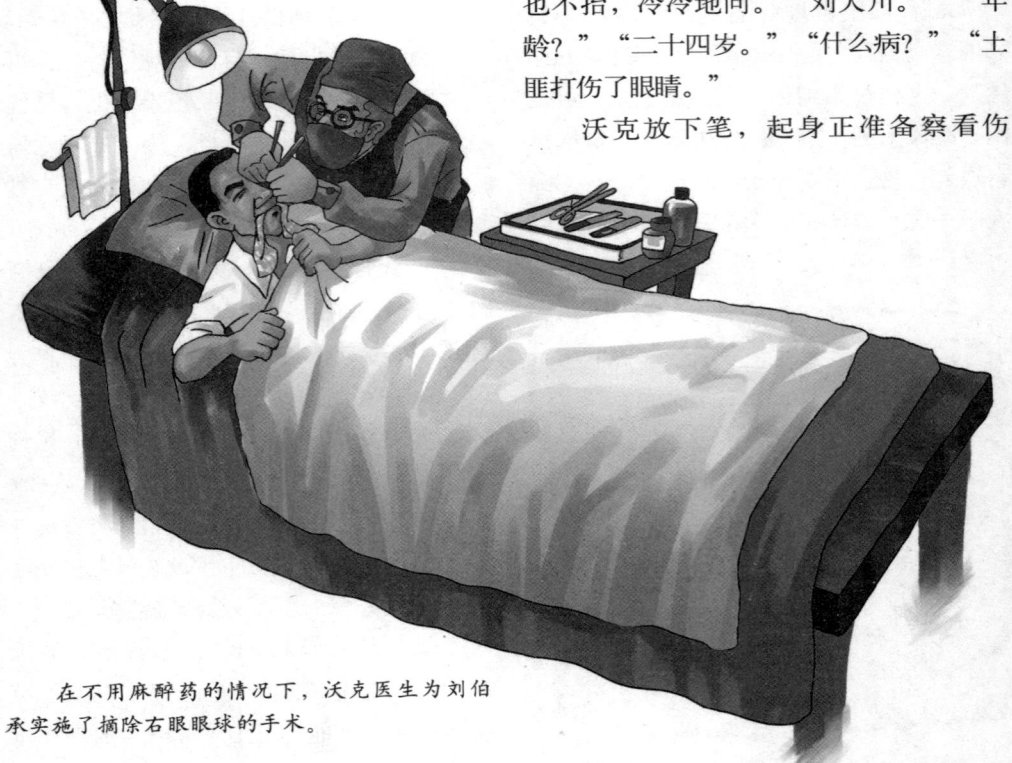

沃克放下笔，起身正准备察看伤

在不用麻醉药的情况下，沃克医生为刘伯承实施了摘除右眼眼球的手术。

势。一位护士走进诊室，悄声说："沃克医生，五号病床的先生害怕做手术，要求……"沃克粗暴地打断了护士的话，鄙夷地说："叫他滚蛋！我的诊所里不接待这种胆小鬼！"护士诺诺连声地退出去了。

说完，沃克医生熟练地解开了刘伯承右眼上的绷带。他怔住了，蓝色的眼睛里闪出惊疑的目光。他重新审视着眼前这个人，冷冷地问："你是干什么的？""邮局职员。""你是军人！"沃克医生斩钉截铁地说，"我当过德军的军医。这样重的伤势，只有军人才能这样从容镇定！"病人微微一笑，锐利地回答："沃克医生，军人处事靠自己的判断，而不是老太婆似的喋喋不休！"沃克又一次怔住了，他目不转睛地盯着病人。良久，沃克医生的目光变柔和了，他转过身吩咐护士："准备手术。"沃克换上了手术服，洗净手，戴上了消毒手套。这时护士跑过来，低声说病人拒绝使用麻醉剂。沃克医生的眉毛扬了起来，二话没说，走进手术室，口气强硬地说："年轻人，在这儿要听从医生的指挥！"

后来，刘伯承成为我国伟大的无产阶级革命家和军事家。

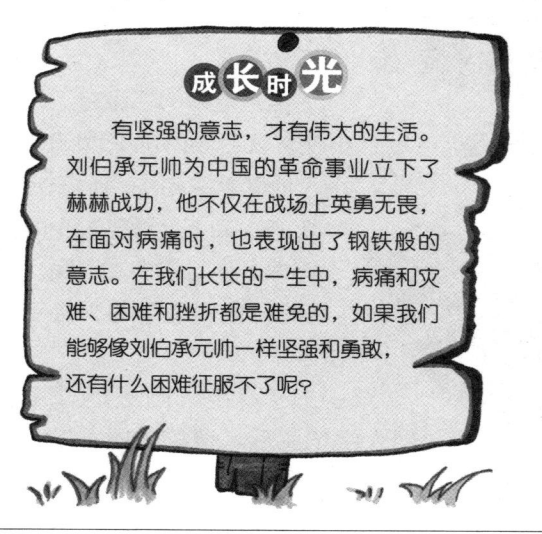

病人平静地回答："沃克医生，眼睛离脑子太近，我担心施行麻醉会影响脑神经。而我，今后需要一个非常清醒的大脑！"沃克再一次怔住了，竟有点口吃地说："你，你能忍受吗？你的右眼需要摘除坏死的眼球，把烂肉和新生的息肉一刀刀割掉！""试试看吧。"病人答道。

手术台上，一向从容镇定的沃克医生，这次双手却有些颤抖。他额上汗珠滚滚，护士帮他擦了一次又一次。最后，他忍不住开口对病人说："你忍受不住的时候可以哼叫。"病人一声不吭，双手紧紧抓住身下的白垫单，手臂上汗如雨下，青筋暴起。他越来越使劲，崭新的白垫单居然被抓破了。

手术成功了。脱去手术服的沃克医生擦着汗走过来，由衷地说："年轻人，我真担心你会晕过去。"病人脸色苍白，勉强笑了笑说："我一直在数你的刀数。"沃克医生吓了一跳，吃惊地问："我割了多少刀？""七十二刀。"沃克惊呆了，失声嚷道："你是一个真正的男子汉，一块会说话的钢板！按德意志的标准，你堪称军神！"

成长时光

有坚强的意志，才有伟大的生活。刘伯承元帅为中国的革命事业立下了赫赫战功，他不仅在战场上英勇无畏，在面对病痛时，也表现出了钢铁般的意志。在我们长长的一生中，病痛和灾难、困难和挫折都是难免的，如果我们能够像刘伯承元帅一样坚强和勇敢，还有什么困难征服不了呢？

陈景润的几麻袋草纸

陈景润是我国著名的数学家，1933年生于福建省福州市，1953年毕业于厦门大学数学系。他完成了世界著名数学难题"哥德巴赫猜想"中的"1+2"的证明，创造了距摘取这颗数学皇冠上的明珠只有一步之遥的辉煌成绩。

陈景润能取得如此辉煌的成就是和他从小刻苦读书分不开的。他在上小学和中学时一直都是班上有名的"读书迷"，同学们都佩服他背诵书本的能力。他说："我读书不只满足于读懂，而是要把读懂的东西背得滚瓜烂熟，熟能生巧嘛！"他把数、理、化的许多定义、定理、公式全装进脑子里，等需要时就能信手拈来。同学们都对他佩服得五体投地。

在陈景润读高中时，学校里来了一位很有学问的数学老师。有一天，这位老师向同学们提起了世界上最难的一道数学题，即哥德巴赫猜想。老师激动地说："这道题被称为数学皇冠上的明珠，我希望将来有一天，你们当中有人能证明这道难题。"当时好多同学都笑了，都觉得这简直是天方夜谭。

但是老师的话激起了从小就喜欢数学的陈景润的兴趣，他默默下定决心：一定要亲自摘下这颗皇冠上的明珠，献给祖国和人民。从此，他对数学的兴趣更浓厚了。

1953年，陈景润从厦门大学毕业后，留校在图书馆工

在读高中的时候，数学老师向同学们讲起了哥德巴赫猜想。

作。他始终没有忘记哥德巴赫猜想。有一次，陈景润将自己的一篇数学论文寄给了著名的数学家华罗庚教授。华罗庚看过这篇论文后非常欣赏陈景润的才华，便把他调到了中国科学院数学研究所当实习研究员。从此，陈景润便在华罗庚的指导下，开始努力向哥德巴赫猜想进军。

那么，陈景润到底是怎么证明"1+2"的呢？

陈景润的生活条件极其艰苦，工作场所也极其简单，别说拥有辅助设施，就连最基本的办公设备都简陋到了极点。他住在一间六平方米的小屋里，借一盏昏暗的煤油灯，伏在床板上，开始了对哥德巴赫猜想的证明。

陈景润不分昼夜地演算，演算的草纸一张接着一张，一堆接着一堆。时间一天天地过去，他用来计算的那些草纸越堆越高，竟足足装了几麻袋。别人觉得在小屋子里放那么多的废纸太占地方了，但是陈景润却视若珍宝。

就这样，通过别人难以想象的刻苦钻研，陈景润终于证明了哥德巴赫猜想中的"1+2"。有人把他的论文写进了数学书，称之为"陈氏定理"。陈景润后来说，那几麻袋草纸就是帮助他攀登数学高峰的台阶。

陈景润在演算完几麻袋的草纸后，完成了对"1+2"的证明。

1966年5月，一颗耀眼的新星闪烁在全球数学界的上空——陈景润宣布证明了哥德巴赫猜想中的"1+2"；1972年2月，他完成了对"1+2"证明的修改。令人难以置信的是，外国数学家在证明"1+3"时使用了大型高速计算机，而陈景润却完全靠纸、笔和一个思维缜密的头脑。

如果别人难以想象出这种艰辛的话，那么他单为简化"1+2"这一证明而用去的几麻袋稿纸，便足以说明问题了。

成长时光

天才出自勤奋。几麻袋草纸不仅是陈景润攀登上数学高峰的台阶，也是他付出的艰辛劳动和汗水的见证。当我们被一个伟大的目标而吸引时，一定要确定自己有没有这种刻苦钻研的精神和默默奋斗的勇气。要知道，只有你为之付出艰辛努力，才能铺设出一条光明大道，让你坚定从容地走向成功。

打开另一扇心窗

很久以前,在意大利庞贝古城的一户普通人家里,一个美丽的女孩降临到了人世。女孩长着生动的脸庞,但是,和她那天使般的脸庞不相称的是,她的眼睛却流露不出丝毫光彩。命运注定,她从一出生就双目失明,无法看到这个五彩斑斓的世界。

女孩的父母没有因为她患有残疾就嫌弃她,相反,他们对女孩付出了更多的关爱,他们还给女孩取了一个好听的名字——莉蒂雅。莉蒂雅在爱的滋润下幸福地成长着。

莉蒂雅渐渐懂事了。她听小伙伴们说,太阳是红色的,就想弄清楚究竟太阳的红色是怎样的。她好奇地问妈妈:

莉蒂雅张开双臂,用心去感受太阳温暖的光芒。

"太阳的红色是什么样的?"妈妈说:"太阳的红色是一种象征着生命激情的颜色。""我能感受到吗?"莉蒂雅问。于是,妈妈把莉蒂雅带到太阳下面,让她伸出小手感受太阳的温暖。"噢,原来红色就像在妈妈的怀抱里一样!"小莉蒂雅天真地惊叹道。对小莉蒂雅来说,这是她认识红色的方式。

小莉蒂雅就这样慢慢地长大了。她也知道了自己和别的孩子的不同,但是,她从来没有因为自己的残疾而怨天尤人,反而走到哪里就把欢快的笑声带到哪里。她总是说:"上帝是公平的,他给了我生命,肯定也给了我和别人同样多的快乐。"她不靠别人的救济,而是像其他人一样自食其力,靠卖花维持生活。莉蒂雅就这样坚强乐观地活着,她隐隐感到自己的生命中肯定会发生不同寻常的事。

莉蒂雅生活的庞贝城紧邻著名的维苏威火山。维苏威火山赠予的肥沃土壤给当地人民带来了丰富的物产。然而,庞贝城里善良的人们却没有想到,维苏威火山除了会赠予礼物,还会带来灾难。

有一年,沉默已久的维苏威火山终于爆发了。开始,人们看到一块奇形怪状的云彩从维苏威火山山顶升起,如同一棵平

维苏威火山爆发了,庞贝城瞬时变成了人间地狱。

顶巨松分出了无数旁枝,向天际蔓延,遮住了阳光。接着,一声震耳欲聋的巨响,火山口被顶出一个窟窿,岩浆猛地喷射而出,喷到了天空几千米高的地方,火山灰、浮石、碎岩如倾盆大雨般飞泻而下。

此刻,整个庞贝城已被笼罩在浓烟尘埃之中。浓密的火山灰遮住了太阳的光芒,大地变得一片漆黑。

惊慌失措的庞贝城居民在黑暗中跌跌撞撞,根本找不到出路,好像跌进了人间地狱。

就在人们万分绝望的时候,一个分外冷静却又充满力量的声音从黑暗中传来:"大家别慌,都跟着我走,我知道该怎么走!"

"是盲女莉蒂雅。"有人喊道。大家仿佛从无尽的黑暗中看到了一丝光明,紧跟着莉蒂雅,快速离开了这座可怕的人间地狱。此时莉蒂雅才感觉到,这就是她生命中最精彩的时刻。

莉蒂雅怎么会在黑暗中认识路呢?原来,莉蒂雅虽然看不见,但这些年来,她走街串巷在城里卖花,对城市的各条道路了如指掌。这时候,她靠自己的触觉和听觉就能找到道路,还能感觉到什么地方是最安全的。

最后,庞贝城被火山灰埋在了地下,而莉蒂雅不但救了自己的家人,还挽救了许多市民的生命。

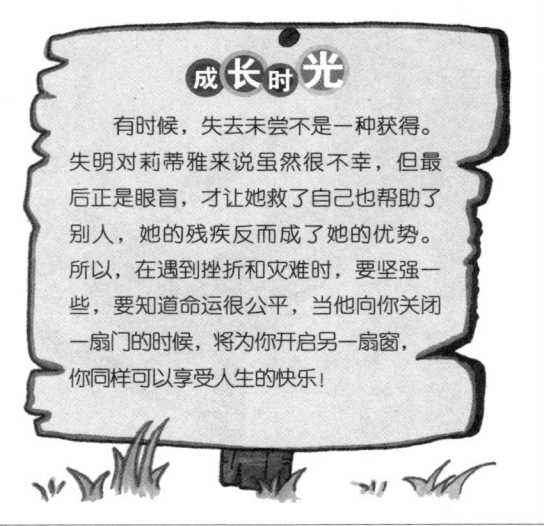

成长时光

有时候,失去未尝不是一种获得。失明对莉蒂雅来说虽然很不幸,但最后正是眼盲,才让她救了自己也帮助了别人,她的残疾反而成了她的优势。所以,在遇到挫折和灾难时,要坚强一些,要知道命运很公平,当他向你关闭一扇门的时候,将为你开启另一扇窗,你同样可以享受人生的快乐!

店小二的书法

明朝万历年间,中国北方的女真族人经常进犯边境。崇祯皇帝为了抵御强敌,决心整修万里长城。可是工匠们在整修到号称"天下第一关"的山海关时,却遇到了难题,因为山海关年久失修,已破损不堪,尤其是"天下第一关"匾额题字中的"一"字,早已经脱落多时了。怎样才能把这个"一"字补上,使它不失原来的气势呢?

这几个字刻在城关上已有几百年,找原来的题名者不太现实,要想恢复匾额的本来面貌,只有募集各地的书法名家,看谁的风格与此比较相近了。于是,崇祯皇帝发下皇榜,重金征集这个"一"字。一时间,文人墨客奔走相告,并纷纷赶到山海关,挥毫泼墨,一比高下。

等诸多作品交上来后,崇祯皇帝看了不住地摇头。虽然这些字有不少出自名家,平时难得一见,可明显都带有自己的风格,与城关上其他几个字的风格相去甚

店小二拿起一块抹布,大喝一声:"一!"一个雄浑有力的"一"字就跃然纸上了。

原来，店小二每天擦桌子的时候，总照着山海关上的"一"字，一挥一擦。

远，到最后没有发现一个人的字能够表达"天下第一关"的雄风豪气。

于是，崇祯皇帝再下昭告，宣布不论是谁，只要能够入选，加倍奖赏。一时间，山海关前人山人海，有的为了应征，有的人是想乘机一睹平时难得一见的名家风采，还有的人则纯粹是为了看热闹。

皇帝重金征字，这段时间成为当地人们最关注的话题。人们茶余饭后都在讨论，谁会最终获得高额的赏金。附近一家饭店的店小二见赏金诱人，而皇帝也迟迟没有选中合适的作品，便也想碰碰运气。他随手在纸上写了个"一"字，就交了上去。

知道此事的人都讥笑他：连那些书法大家都无能为力，你一个一辈子没摸过笔的店小二也想拿这笔奖金，简直是痴人说梦。店小二并没有往心里去。

没想到，经过严格的筛选，最后选中的书法家竟然就是这个大字不识几个的店小二！

在题字当天，现场被挤得水泄不通，大家都想看看店小二究竟有什么本事，居然能获得皇帝的首肯。官家备妥了笔墨纸砚，请店小二动手题字，可是没想到店小二放着狼毫大笔不用，而是拿起一块抹布往砚台里一蘸，大喝一声"一！"，干净利落地写了个"一"字，和原来脱落的"一"字不差分毫。旁观者惊叹不已，纷纷问他是怎么写出这么好的字的。

店小二想了半天，犹犹豫豫地说："其实，我也没有什么秘诀，我只不过在这里当了三十多年的店小二，每次擦桌子时，我就望着牌楼上的'一'字，一挥一擦，长此以往便学会了。"

原来这位店小二的饭店正好面对山海关的城门，每次他拿起抹布擦桌子的时候，都正好对准"天下第一关"的"一"字。因此，他不由自主地天天看、天天擦、天天练，数十年如一日，久而久之，熟能生巧、巧而精通，就能够把"一"字临摹到炉火纯青、惟妙惟肖的地步了。

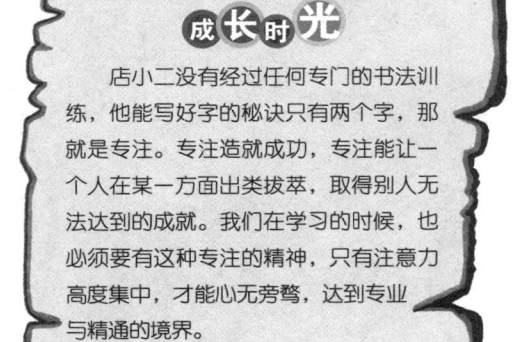

成长时光

店小二没有经过任何专门的书法训练，他能写好字的秘诀只有两个字，那就是专注。专注造就成功，专注能让一个人在某一方面出类拔萃，取得别人无法达到的成就。我们在学习的时候，也必须要有这种专注的精神，只有注意力高度集中，才能心无旁骛，达到专业与精通的境界。

"断齑划粥"苦读书

范仲淹字希文,是北宋吴县(今江苏省苏州市)人,当时著名的政治家、文学家。他的名句"先天下之忧而忧,后天下之乐而乐"直到现在仍广为传颂。

范仲淹祖上曾在朝为官,在他两岁的时候,父亲不幸逝世,从此家里失去了生活来源,日子过得十分清苦。童年的范仲淹读书极其专心刻苦,他为了磨砺意志,在十几岁的时候,就一个人去附近长山醴泉寺的僧房里昼夜苦读。在醴泉寺期间,他经常一个人伴灯苦读,每到东方欲晓,僧人们都起床了,他才和衣而卧。那时,他的生活极其艰苦,每天只煮一锅稠粥,待粥凉后将其划成四块,早晚各取两

留守的儿子见范仲淹每天喝粥度日,出于同情,便回家拿来一些美味给他。

块，拌上一点儿韭菜末，再加点盐，就算是一顿饭。但他对这种清苦生活却毫不介意，把全部精力都花在了读书上。后世传为佳话的"断齑划粥"的故事，就是从这里来的。

范仲淹在醴泉寺读了不少书，懂得了许多道理。为了开拓眼界，寻访良师益友，他离开家乡，来到当时的"南都"（即应天府，在今河南商丘），进了著名的南都学舍求学。

当时的南都是个繁华的大都会，教育事业非常发达。南都学舍是宋代著名的四大书院之一，聚集了许多才智出众的师生。到这样的学院读书，既有名师可以请教，又有许多同学互相切磋，还有大量的书籍可供阅览，况且免费就学，这些都是经济拮据的范仲淹求之不得的。

范仲淹入学后，昼夜不停地苦读，睡觉从来都不脱衣服，疲乏到了极点，就用凉水浇脸，来驱除倦意。他的食物很不充裕，甚至不得不靠喝粥度日，有时候一天只能喝上一顿。这对于一般人来说，是难以忍受的生活，但范仲淹却从不叫苦。

这些被他的一个同学——南都留守的儿子看见了。他回家讲给父亲听，他父亲说："这是个有出息的孩子啊。你拿一些饭菜送给他吃吧！"

南都留守的儿子奉父命送来吃的，范仲淹起初不肯收，后来无论如何推辞不掉，只得收下了。可是，过了几天，留守

范仲淹读书异常刻苦。

的儿子发现他送的食物还原封不动地摆在那里，而且已经坏掉了。他很不高兴，便问范仲淹："家父听说你生活清苦，特地让我给你送些饭菜，你却不肯下筷，莫非你觉得吃了我家的饭菜就污了你的情操吗？"范仲淹解释说："我并非不感激令尊的厚爱，只是多年吃粥已经成为习惯，如今享受这些美味，要是将来再吃不得苦，该怎样办呢？"留守的儿子听后，不得不钦佩范仲淹的坚强意志。

范仲淹在求学期间的确吃了不少苦，但也获得了丰富的知识，锻炼了坚强的意志，养成了勤劳节俭、严肃认真的作风。在做官以后，他提出了许多改革弊政的主张，为百姓办了很多好事。

成长时光

逆境能磨炼人的意志。范仲淹怕自己吃了美味的饭菜，以后再吃不了苦，也就是古人说的"由俭入奢易，由奢入俭难"的道理。正因为他从小甘于清贫，把学习当作最重要的事，最终才能成就一番事业。我们也应该有意识地磨炼自己的意志，充实自己的学问，成为一个坚强而富有智慧的人。

钢铁战士

长篇小说《钢铁是怎样炼成的》曾经影响了好几代人，书中的主人公保尔·柯察金的形象也鼓舞了千千万万的读者。你知道吗？这部作品的作者奥斯特洛夫斯基，竟是一个双目失明、全身瘫痪、身患多种疾病的人。

奥斯特洛夫斯基曾是苏联的一名红军战士，1904年出生于乌克兰一个工人家庭，由于家境贫寒，他只读过三年书。他做过食堂杂工，当过发电厂助理司炉。在工作之余，他贪婪地阅读各种文学作品。

十月革命胜利后，他积极投身于保卫苏维埃政权的斗争。1920年8月，奥斯特洛夫斯基在一次战斗中负伤后，转业到地方工作。后来，在一次抢救浮运木材的紧张劳动中，由于长时间站在齐膝深的冰水中，他染上重病。到了1924年秋季，他的健康状况再次恶化，不得不离开自己所钟爱的工作岗位，而且从此便永远地病倒在床上了。

躺在病床上的奥斯特洛夫斯基并没有悲观失望，他并不觉得自己丧失了劳动

奥斯特洛夫斯基双目失明、全身瘫痪，可是他还是以顽强的意志开始创作长篇小说《钢铁是怎样炼成的》。

能力就不能继续为祖国和人民服务，相反的是，病魔的折磨使得他变得更加坚强，他为自己选择了一条全新的道路，那就是写作。在治病间隙，他大量阅读优秀的文学著作，其中包括普希金、托尔斯泰、契诃夫、高尔基、肖洛霍夫、巴尔扎克、雨果、左拉、德莱塞等作家的作品。同时他还参加了函授大学的学习，为写作做准备。

《钢铁是怎样炼成的》一书的主人公是个坚强的"钢铁战士"，而原型正是作者自己。

1927年底，奥斯特洛夫斯基开始着手创作一篇关于科托夫斯基师团的"历史抒情英雄故事"，即小说《暴风雨所诞生的》。不幸的是，他唯一的一份手稿在寄给朋友们审读时被邮局弄丢了。这一残酷的打击并没有挫败奥斯特洛夫斯基，反而使他更加坚定了写作的信念。

1929年，年仅二十五岁的奥斯特洛夫斯基因为劳累过度再次旧病复发，并导致全身瘫痪，最后双目失明。在这种情况下，他用自己的战斗经历作素材，以顽强的意志开始创作长篇小说《钢铁是怎样炼成的》。他摸索着在纸上一笔一画地进行写作。为了能够让别人辨认出自己写的字，他将硬纸板割成带有一条条有漏孔格子的夹子，写的时候，将稿纸放进夹子里顺着格子写。一段时间后，奥斯特洛夫斯基病得连笔都握不住了，他只好每天等妻子下班后，由他口述，妻子笔录。

经过奥斯特洛夫斯基多年坚韧不拔的努力，《钢铁是怎样炼成的》终于完稿了。

小说描写了十月革命后的第一代苏维埃青年在布尔什维克党的领导下，为恢复国民经济、巩固无产阶级政权，同国内外敌人及各种困难进行顽强斗争的故事。奥斯特洛夫斯基在书中真实生动地描写了主人公保尔·柯察金一生的光辉历程，证明了"钢铁"——共产主义的坚强战士——正是在同敌人和各种困难的斗争中锻炼出来的。

小说出版以后，受到了广大读者的热烈欢迎和高度赞扬，并被翻译成多种文字出版。保尔·柯察金的原型就是作者自己，他就是许多人心目中的"钢铁战士"。

成长时光

有了坚定的意志，就等于给自己添了一对翅膀。每个人的生活都不是一帆风顺的，当我们遇到挫折和不幸时，想想"钢铁战士"奥斯特洛夫斯基所面临的困难，我们的困难和挫折又算得了什么呢？他能够写出伟大的名著，我们只要勇敢地和困难作斗争，一定也能战胜困境，取得成功。

"过目成诵"的苏东坡

苏东坡也就是苏轼，他是北宋时期著名的文学家、书画家，被称为唐宋八大家之一。人们把他和他的父亲苏洵、弟弟苏辙合称为"三苏"。

由于苏东坡才学过人，平时吟诗作对总是出口成章，人们都认为他能够过目成诵，也就是不管什么书他只要看一遍就能背诵出来，对此，连他的朋友都深信不疑。

有一天，一位朋友来看苏东坡，但久久不见苏东坡前来会客，便大为疑惑，问管家道："你家主人是否不在家？"

管家连忙解释："对不起，先生，我家主人正在书房抄写一些东西。他平时这个时候是不让人打扰的，麻烦您再等一会儿。"那位朋友更是不解："抄什么东西如此紧要，难道不可以让下人来做吗？"但他也不好直接问管家，只得继续坐在客厅等着。

那位朋友等了半天，苏东坡才匆忙出来会见。朋友一见他，便满脸不高兴地问道："你在抄什么呢？如此紧要，连我这个老朋友都顾不上了。"

苏东坡满怀歉意地说："我正在抄

客人来访时，苏东坡正在全神贯注地抄写《汉书》。

《汉书》,忘了和你约好的事,让你久等了。"

朋友不解地问道:"抄《汉书》?做什么用?"

苏东坡解释说:"抄写便于记忆啊!"

朋友以为苏东坡在跟自己开玩笑,便问道:"以你的聪明才智,过目成诵,还用得着抄写吗?"

苏东坡笑了笑答道:"过目成诵?连你也这么认为?我哪有传说得那么神!从我开始读《汉书》到现在,已经抄写了三遍了。"

"三遍?那得花多少时间啊!"客人大吃一惊,越发觉得不可思议了,他不相信苏东坡也会如此用功。

苏东坡不慌不忙地解释道:"再聪明,要把文章背下来还是需要下些功夫的啊。只不过我花的时间比别人短一些罢了。"

"哦?莫非你有什么诀窍?"朋友好奇地问。

"我抄书和别人不太一样,并不是全部抄写,而是每段只抄几个字。抄第一遍时每段抄三个字,第二遍时每段抄两个字,第三遍每段只抄一个字了。这样三遍抄下来,时间花不了多少,但基本上都能背诵了。"

朋友在《汉书》里随便挑了几个字,苏东坡便应声背出了相关的段落,一字不差。

朋友有点不太相信,就说:"此方法果真如此奏效吗?我倒要检验一下。"苏东坡点头道:"也好,我也趁此机会检验一下今天的成效。"

于是,朋友就在《汉书》里随便挑了几个字,苏东坡应声背出了相关的段落,果然一字不差。

朋友想,可能是巧合吧,也许这是他早就背好的呢。于是,他又换了一段,挑了几个字。这一次,苏东坡又一字不落地背了出来。这下,朋友不由得点头表示叹服。由此可见,苏东坡能"过目成诵",实在是出于他的勤奋啊。

成长时光

苏东坡确实很聪明,他找到了一种最适合自己的方法来背诵《汉书》。这个"过目成诵"的故事形象地告诉我们:"眼过千遍,不如手过一遍。"实际上,任何天赋都离不开勤奋二字,不过在刻苦练习的同时,也要勤于动脑,在借鉴经验的基础上找到最适合自己的方法,才能提高效率,不断进取。

画鸡蛋的孩子

达·芬奇生于1452年,是文艺复兴时期的意大利画家,他所画的《最后的晚餐》、《蒙娜丽莎》等作品已经成为举世瞩目的艺术瑰宝。达·芬奇之所以能在绘画上取得辉煌的成就,和他自幼刻苦练习是分不开的。

达·芬奇出生在意大利佛罗伦萨附近的芬奇镇。他从小爱好绘画,并显露出了出色的绘画天赋。在他十四岁那年,父亲送他到当时意大利的名城佛罗伦萨,拜著名画家弗罗基奥为师。

第一堂课开始了,老师弗罗基奥拿着一个鸡蛋对达·芬奇说:"孩子,学绘画首先要打好基础,你今天就从画这个鸡蛋开始吧!"

达·芬奇心想,为什么要让我来花一天的时间来画一只再简单不过的鸡蛋呢?不过想归想,他知道老师这么安排自有他的道理,于是便耐心地画起鸡蛋来。就这样,达·芬奇画了一张又一张。第一天就在不断地画鸡蛋中过去了。

第二天,达·芬奇心想,画了一整天

一连很多天,老师都会拿出一只鸡蛋,让达·芬奇照着画。

的鸡蛋，今天应该有点新内容了吧。于是满怀期待地等待着老师布置任务。可是令他没有想到的是，老师又拿着一个鸡蛋走到达·芬奇身边，二话没说还让他画这个鸡蛋。

达·芬奇有点失望，可是他不敢违抗老师的命令，于是只好敷衍着继续画鸡蛋，第二天又这样打发过去了。

达·芬奇听了老师的话，终于明白了练习基本功的重要性。

第三天、第四天、第五天……老师还是安排他画鸡蛋。达·芬奇渐渐有点失去耐心了，他不知道老师还能不能教点别的。就这样过了好多天，画了不知多少鸡蛋，达·芬奇再也忍不住了。

一天早上，老师刚走过来，手里依然拿着一个鸡蛋，达·芬奇鼓起勇气，站起来问道："老师，你一直让我画鸡蛋，什么时候才算画完呢？"老师看出了达·芬奇的厌烦情绪，便反问他："你是不是认为画鸡蛋很容易？那么我问你，你也画了不少天的鸡蛋了，你能从你画的鸡蛋中找出完全相同的两只鸡蛋吗？"这还不容易，达·芬奇不以为然地在他那厚厚的一堆稿纸中找了半天，结果令他很失望——根本就没有画得一模一样的两只鸡蛋。

弗罗基奥语重心长地对达·芬奇说："你不要认为画鸡蛋很简单、很容易，和你画的鸡蛋找不到完全相似的一对一样，在一千只鸡蛋当中，也没有两只鸡蛋的形状是完全相同的；即使是同一只鸡蛋，只要变换一个角度来看它，也会呈现出各种不同的形态。我让你练习画蛋，就是为了训练你观察物体形象的能力，让你能够更加得心应手地描绘事物啊！"

达·芬奇听了这番话，明白了老师的良苦用心，也懂得了练习基本功的重要性。在勤学苦练中，达·芬奇的绘画水平有了很大的进步。

机会总是光顾有准备的人。在一次为一所修道院的餐厅作壁画的过程中，达·芬奇凭借自己扎实的基本功，一举创造出了美术史上的奇迹——《最后的晚餐》。从此，达·芬奇一跃成为当时世界上最伟大的艺术家之一。

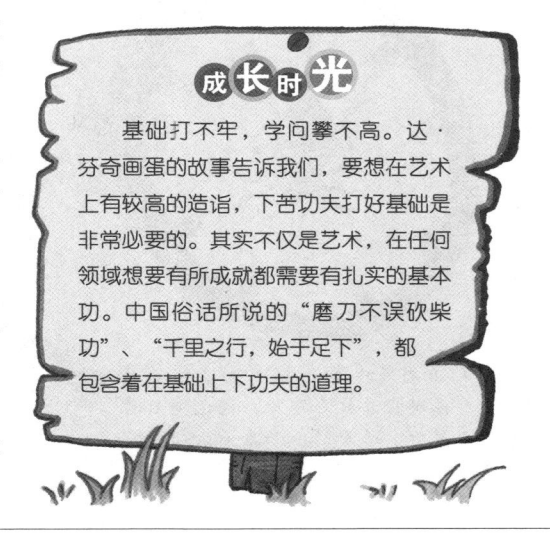

成长时光

基础打不牢，学问攀不高。达·芬奇画蛋的故事告诉我们，要想在艺术上有较高的造诣，下苦功夫打好基础是非常必要的。其实不仅是艺术，在任何领域想要有所成就都需要有扎实的基本功。中国俗话所说的"磨刀不误砍柴功"、"千里之行，始于足下"，都包含着在基础上下功夫的道理。

纪昌学箭

甘蝇是古时候一个著名的射箭高手。只要他一拉开弓,野兽就会倒地,飞鸟就会掉下来。甘蝇的弟子飞卫曾向甘蝇学习射箭,飞卫学成之后,比师父的本领还高超,名扬千里。后来,一个叫纪昌的年轻人立志要成为一名神箭手。他听说飞卫的箭法高超,于是便来找飞卫,说想拜他为师。

飞卫看着这个好学的年轻人,并没有立刻答应收他为徒,而是要求纪昌回去练习怎样目不转睛地盯住一个目标。他说:"当你能够盯紧任何目标,坚持一炷香的时间而不眨眼的时候,再来找我吧。"

虽然不理解飞卫的意思,但纪昌还是照着做了,他每天仰卧在妻子的织布机下,盯着织布机的脚踏板,练习不眨眼睛。

纪昌的妻子见他整天瞪大眼睛看着自己织布,总嫌他碍事,经常不耐烦地把他打发走。可是每次过后,纪昌依然如故。见此情景,妻子手拿锥子吓唬他说:"你再盯着看,小心我用锥子把你的眼睛刺瞎。"说完,她便故作声势地拿锥子刺了过来。开始的时候,纪昌总是下意识地赶紧闭上眼,躲到一边,可是这样过了两

纪昌用牦牛的一根长毛系住一只虱子,再将它悬挂在窗口,远远地看着它。三年后,小小的虱子在他看起来就和车轮一样大。

年后，即使妻子拿锥子刺到了他的眼角，他也可以不眨一下眼睛。纪昌认为自己练得差不多了，于是赶紧再次去向飞卫拜师学艺。

飞卫听了纪昌的汇报，还是没有正面回答是否收他为徒，而是又让他回去练眼力，要他能看到远处很小的东西，并且清晰得就像在近处看到的一样。飞卫说："当你看虱子时感觉虱子像拇指那么大的时候，再来找我吧。"纪昌学射箭的决心比较坚决，所以还是很听话地回到家里。他依照飞卫的吩咐，用牦牛的一根长毛系住一只虱子，并把它悬挂在窗口，远远地看着它。一天、两天、三天……一直这么看了三年。到最后，一个小小的虱子在纪昌看起来就和车轮那么大了。

有一次，妻子正在织布，纪昌进屋取东西，忽然看见一只张牙舞爪的大虫子正在向妻子靠近，就赶忙大叫："夫人小心，你背后有一只斗大的虫子。"妻子一听，吓得连忙丢掉手中的活儿，跑了开来。过了一会儿，她惊魂甫定，才朝原先坐的地方看去，见空无一物，就责怪纪昌说："平白无故，干吗吓我？"纪昌辩解道："我怎么会吓你，现在它还在那儿呢！"说完他用手指去，妻子在他手指的方向仔细查找，只在一角落里发现一只小飞虫，笑道："你可真会瞎说，针尖大的东西你非要说是斗大的。"

后来，纪昌成了远近闻名的神箭手。

纪昌见自己能将远处的小东西看得很大，便赶紧去找飞卫。飞卫检验了纪昌这五年来练习的成果后，高兴地对他说："年轻人，你的箭术已经快学成了，恭喜你啊！"

纪昌大吃一惊："可是，我只是在练眼力，您还没有教我怎么射箭啊！"

"你自己射一箭看看就知道了！"飞卫笑笑回答。

纪昌半信半疑地张开弓，一箭飞出，就将远处的虱子射穿了。他这才知道自己在五年的时间里虽然没有练箭，但箭术已经远远超过以往。后来，经过飞卫的耐心指导，纪昌终于练成了绝世无双的箭法，成了誉满天下的神箭手。

成长时光

学习射箭必须先练眼力，基础的动作扎实了，应用起来才可以千变万化。虽然纪昌学箭的故事有点夸张，但是它形象地说明了"冰冻三尺，非一日之寒"的道理。我们学习任何一门技艺时，都要有信心、有恒心，先从最基本的功夫练起，再循序渐进，只有这样才能使自己达到出神入化的境地。

口吃也能成演说家

德摩斯梯尼是古希腊著名的演说家。在当时的雅典,一名出色的演说家必须声音洪亮,发音清晰,姿势优美,富有辩才。可是德摩斯梯尼却天生口吃,吐字不清,还有耸肩的坏习惯,在常人看来,他似乎没有一点儿当演说家的天赋。

德摩斯梯尼没有在自己的缺陷前止步,他给自己定下的人生目标就是成为一名卓越的演说家。但是这些缺陷还是极大地阻碍了他迈向成功的步伐,在他小时候的一次当众演说过程中,由于德摩斯梯尼的表现极其糟糕,台下的观众看着台上洋相百出的德摩斯梯尼,实在忍无可忍,就齐声起哄,把他轰下了台。

经过这次沉痛的打击,德摩斯梯尼感到很沮丧。但他没有气馁,依然坚持自己心中的理想,经过一番思考之后,他决定无论如何也要改掉这些致命的缺点。

德摩斯梯尼决定先从改进自己的发音开始,对此他煞费苦心,想出了一个绝妙的办法。

有一天,德摩斯梯尼的爸爸发现儿子说话总是含含糊糊的,就问他:"你怎么啦?说话怎么越来越不利索了?"

"爸爸,我想成为演说家!我在嘴里

德摩斯梯尼站在海边,面对着呼啸的海风,努力地纠正着自己气短的毛病。

为了改正自己说话爱耸肩的坏习惯，德摩斯梯尼在自己的肩头上方悬挂了两柄锋利的宝剑。

含了个石头，我听说这样可以改进发音。"

显然，爸爸对他的这个理想并不抱多大希望，他摇着头苦笑道："你呀！给我把话说清楚就行啦！"

但是令爸爸惊奇的是，德摩斯梯尼每天都在刻苦地坚持练习，而且随着时间的推移，他说话越来越流利，爸爸也逐渐支持起儿子的行为来。

德摩斯梯尼在改进自己发音的同时，也在进行着其他方面的训练。他平时说话总感觉呼吸不畅，说一句话要停顿好几次，为了去掉气短的毛病，德摩斯梯尼常常一边攀登陡峭的山崖，一边不停地吟诗。

此外，他还经常迎着呼啸的海风讲话。开始的时候，他一张口，猛烈的海风就会猛灌进嘴里，根本无法发音，更别说讲出流利的话来。但德摩斯梯尼没有灰心，依然坚持不懈。就这样，他逐渐改掉了气短的毛病。

德摩斯梯尼说话爱耸肩，这是一种很不雅观的习惯。为了使自己演讲时能有优雅的肢体语言，他在肩头上方悬挂了两柄剑，这样他再耸肩时，锋利的剑锋就会刺破他的肌肤，于是他只能时刻提醒自己不要耸肩。习惯成自然，他的这一坏习惯也渐渐改正了。

德摩斯梯尼练习非常刻苦。为了争分夺秒地学习，他把自己的头发从中间剃去一半，使自己没法出去见人，只能安心躲在家里练习演说。他还给自己准备了一面大镜子，每天练完后总要站在镜子前检验自己一天的成果。

德摩斯梯尼不仅在外在形体、发音上下了很大的功夫，而且还努力提高自己在政治、文学等各方面的内在修养。他研究古希腊的诗歌、神话，背诵优秀的悲剧和喜剧，探讨著名历史学家的文体和风格。据说，他还曾经把厚厚的《伯罗奔尼撒战争史》一书整整抄写了八遍。

经过十多年的磨练，德摩斯梯尼终于如愿以偿地成了一位出色的演说家，赢得了不朽的声誉。他的演说词结集出版，成为古代雄辩术的典范，争服了千千万万的听众和读者。

成长时光

"宝剑锋自磨砺出，梅花香自苦寒来。"一个口吃的孩子，经过不懈的努力，终于实现了自己的愿望，成了一个伟大的演说家。他需要克服的不仅仅是自己生理上的缺陷，还有"我不行"的心理障碍。这个小故事告诉我们，只要你相信自己，并且愿意为自己的理想而付出超出常人的努力，就一定能成功。

《昆虫记》的诞生

法布尔是法国著名的科学家、科普作家。1823年,法布尔出生于法国南部山区一个贫寒的农民家庭。法布尔小时候就对自然界充满了好奇,经常从他家的小窗户里爬出去,坐在山坡上观看小鸟和各种昆虫。

上中学时,法布尔读到了一本书,是希腊博物学家、拉丁诗人维尔基写的《维尔基博物学》,书中描写了蚂蚁、金雀、斑鸠等动物的形态,这使法布尔对生物学产生了浓厚的兴趣。

法布尔大学毕业后,就开始了专门从事生物学和昆虫行为学的研究工作。

《昆虫记》就是法布尔以毕生的时间与精力,详细观察了昆虫的形态、行为和生活习性之后,做出的详细而确切的笔记。

为了观察各种昆虫的生活习性,法布尔总是废寝忘食,克服各种各样的困难。有一次,他在烈日下用了整整一天的时间观察石头缝里的昆虫,村子里的人以为他是"中邪"了。

还有一段时期,法布尔为了研究海边的生物,经常清晨出门,带上一块面包,沿着海边走上一整天。

蜜蜂是一种很聪明的昆虫,人们都认为它有辨别方向的能力。真是这样的

法布尔做试验以观察蜜蜂是不是真的认识路。

吗？法布尔想亲自验证这个说法。他在自家的蜂箱里养了20只蜜蜂。有一天，法布尔小心地在每只蜜蜂的背上涂了白色的记号，把蜜蜂带到离家4千米的地方放飞了。

放飞蜜蜂时，天气还是晴朗的。可不一会儿，突然乌云四起，刮起了大风，而且越刮越大。更不巧的是，风是从南方吹来的，那正是蜜蜂回家该走的方向。法布尔怀着忐忑不安的心情往家走去。他惦记着那些放飞的蜜蜂，担心它们在这么糟糕的天气中会迷失方向。

可他还没有踏进家门，女儿已经跑出来拉住了他，高兴地说："爸爸，快看！已经有两只带记号的蜜蜂回来了，身上还带着花粉，时间是两点四十分。"法布尔是在两点钟把蜜蜂放出来的，说明它们在不到45分钟的时间内，顶着大风，飞完了4千米的路程。第二天，法布尔检查了一下蜂房，发现另外17只蜜蜂也回来了。20只放飞的蜜蜂全部归巢，这说明蜜蜂辨别方向的能力果然很强。

法布尔曾当了20多年的教师，靠微薄的收入维持着一家7口人的生活，所以一生穷困潦倒。法布尔50多岁的时候，终于攒钱在奥朗日市一个环境幽静的小村落买下了一所旧房子。从此，法布尔离开学校，专心投入了科普书籍的写作。他通过

法布尔的成功和他小时候强烈的求知欲是分不开的。

自学，掌握了动物学、植物学、数学及文学等各方面的知识，通过自己丰富的知识积累，将昆虫的习性、生态和进化等规律深刻而生动地描述了出来。

法布尔在这里一住就是30年，他一卷接一卷地完成了《昆虫记》的写作。从1878年第一卷出版起，法布尔平均3年完成一卷。1910年，法布尔已是87岁的垂暮老人，这一年，他的最后一本心血之作——第十卷《昆虫记》终于出版完成。

在这部宏大的著作中，法布尔向人们介绍了400多种昆虫和其他小动物，展示了一个绚烂多彩、充满活力的昆虫世界。法国伟大作家雨果将《昆虫记》誉为"昆虫世界的荷马史诗"。

成长时光

法布尔的写作是极为认真的。他积累的那些资料，是靠几十年的观察和研究而获得的。从中可以看出，虽然兴趣是法布尔研究昆虫的初衷，但《昆虫记》的诞生却离不开他持之以恒的勤奋。要知道，没有一件伟大工作的完成能够不靠勤奋。我们也应该学习法布尔的精神，勤奋学习，不断进步。

浪子回头

陈子昂是我国初唐时期的著名诗人，梓州射洪（今四川省射洪县）人，曾任右拾遗，所以后人也称其为陈拾遗。他曾经写下过《登幽州台歌》等不朽的诗篇。然而，小时候的陈子昂却不学无术，极端讨厌读书。

陈子昂出生在官宦人家，自小娇生惯养，被父母视为掌上明珠。后来随父母来到京城长安后，他更是养成了挥金如土的恶习。他从来不问银子从何而来，只知道大把大把地挥霍。此外，他还整天游手好闲，每天不是带着朋友出城打猎，就是四处找人斗鸡赌钱，唯独不沾书本。

眼看着儿子都十几岁了，还如此不求上进，对他极度溺爱的父母也着急了，父母总不能养他一辈子啊！他们天天耳提面命，苦口婆心地劝他戒除恶习，潜心读书，可陈子昂根本听不进去，心想："家里有的是钱，你们还怕我饿肚子吗？"于是依然我行我素，不知悔改。

看到儿子如此无动于衷，父母有点绝望了，只能由着他去。

有一天，陈子昂在街边摊上喝茶，

陈子昂路过一家私塾的时候，听见先生正在教导学生要努力学习，不由得深受触动。

看到路对面有一个乞丐，身上的衣服又脏又破，哈着腰、垂着头，手里拿着一个破碗在向路人乞讨。过路人看上去很厌恶他，走过他身边的时候都故意把头扭到一边，快步走开，脸上还露出嫌恶的表情，生怕他会缠上自己。结果，乞丐没有讨到一文钱，看上去非常沮丧。

见此情景，陈子昂心生怜悯，就走过去给了他几文钱。那乞丐见有人出手如此大方，不由得连声道谢。陈子昂不明白有的人为什么能混得如此落魄，就问他为什么当乞丐。

乞丐叹了一口气，无奈地说："唉，少爷，您以为我会想当乞丐吗？不瞒您说，我小时候也像您一样，家里也很有钱，过的是锦衣玉食的日子。可是我父母去世后，家道中落，自己又没有一点本事，慢慢把家里的财产挥霍空了，就只有靠乞讨为生了。"

陈子昂听了之后，马上联想到了自己：自己以后会不会也是这样呢？但他转念一想，时间还多的是，以后再用功也来得及，所以并没有往心里去。

有一天，陈子昂路过一处私塾，无意中听到老师正在里面讲课："一个人享受荣誉或是蒙受耻辱，完全取决于他本人。'少壮不努力，老大徒伤悲。'不经过努力就想得到学问，就像缘木求鱼一样……"

听到这番话，陈子昂犹如醍醐灌顶，幡然醒悟。他想起自己这些年把时间都荒废在吃喝玩乐上，又想到在街上看到的那个乞丐，认识到如果自己现在不努

陈子昂想到自己如果不学无术，也有可能沦为乞丐，不由得心生悔意。

力，那么将来也可能和那个乞丐一样一事无成，沦落到沿街乞讨的地步。

回家后，陈子昂流着眼泪向父母认了错。从此，他和原来的酒肉朋友断绝了来往，放掉了养在家里的斗鸡和猎狗，和书本成了亲密的朋友。

经过刻苦的学习，陈子昂终于成了唐朝的大诗人。

成长时光

陈子昂及时意识到了自己的错误，并发奋苦读，才能成为伟大的诗人。俗话说得好："浪子回头金不换。"在年龄还小的时候，误入歧途是难免的，永远不要对自己说太晚了，只要能够认识到自己的错误，勇于面对并改正，还是能够有所成就的。另外，当我们面对一些诱惑时，应该保持理智、洁身自爱。

立起来的鸡蛋

　　哥伦布是历史上著名的航海家，他于1451年出生在意大利热那亚。哥伦布从小就向往着海上航行，对中国、印度等这些东方国家充满了神往，所以，他一直幻想有朝一日能够远游世界。

　　为此，哥伦布特地请教了意大利的地理学家，并得知沿着大西洋一直向西航行，就能抵达东方。于是，他制定了一个远航计划，希望能够得到国王在财力、物力和人力上的支持。1491年底，经历了几番周折之后，西班牙国王斐迪南二世总算答应支持哥伦布远航。

　　1492年8月3日清晨，哥伦布带领87名水手，驾驶着3艘帆船，离开了西班牙的巴罗斯港，开始了人类历史上第一次横渡大西洋的壮举。

　　海上的航行生活单调而乏味。水天一色，茫茫无垠。哥伦布的船队在海上漂泊了一天又一天，一周又一周。水手们开始沉不住气了，吵着要返航。

哥伦布问大家谁能把鸡蛋立起来，大家都觉得做不到。

哥伦布用怎样立起鸡蛋告诉大家，发现新大陆并不像大家想的那么简单。

哥伦布是一个意志坚定的人，他坚持继续向西航行。有时候，他甚至不得不拔出宝剑，强令水手们继续航行。

1492年10月11日，哥伦布看见海上漂来一根芦苇——有芦苇，就说明附近有陆地！果然，11日夜间，哥伦布发现前面有隐隐约约的火光。12日拂晓，水手们终于看见了一片黑压压的陆地。狂欢声顿时如雷响起！

1493年3月15日，哥伦布返回了西班牙巴罗斯港。回来以后，哥伦布顿时成了英雄，受到了西班牙国王和王后的隆重接待。各界人士为他举行了一次又一次的欢迎宴会。

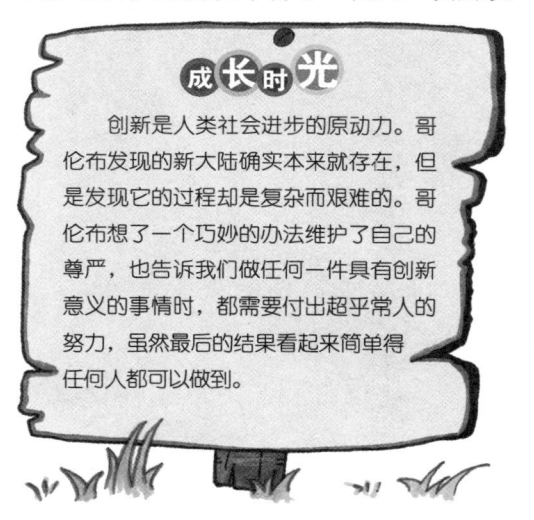

在一次宴会上，忽然有人高声挑衅道："我看这件事不值得这样庆祝。大陆是地球上原来就有的，并非哥伦布所创造。他只不过是坐着船一直往西走，碰上了这块大陆而已。其实只要坐船一直向西航行，谁都会有这项发现。"

宴会席上顿时鸦雀无声，绅士们面面相觑。这时，哥伦布笑着站起来说："这位先生讲的似乎很对，其实不然，我们不妨一试。"说着，他顺手抓起一个桌上放着的熟鸡蛋，接着说："请各位试试看，谁能使熟鸡蛋的小头朝下，在桌上立起来？"

气氛又活跃起来，大家都拿起面前的熟鸡蛋，试着、滚着、笑着，但谁也没能把它立起来。

刚才说话的那位绅士得意洋洋地说："既然哥伦布提出了这个问题，那么他自己一定能办到。现在就请他把熟蛋小头朝下立在桌面上吧！"

只见哥伦布微笑着，手握鸡蛋，小头朝下，"啪"的一声敲在桌上，那蛋就牢牢地立在桌上了。

那人高叫起来："这不能算，你把蛋壳摔破，当然可以立住。"

这时，哥伦布正色说道："对！你和我的差别就在这里，你不敢摔，但我敢摔！世界上的一切发现和发明，在一些人看来都是再简单不过的。但是，请您记住：那总是在发明者指出应该怎么做之后。"这番宣言式的雄辩，立即赢得了满堂喝彩！

成长时光

创新是人类社会进步的原动力。哥伦布发现的新大陆确实本来就存在，但是发现它的过程却是复杂而艰难的。哥伦布想了一个巧妙的办法维护了自己的尊严，也告诉我们做任何一件具有创新意义的事情时，都需要付出超乎常人的努力，虽然最后的结果看起来简单得任何人都可以做到。

练剑

从前有一个年轻人一心想成为一名行侠仗义的剑客,就来到一个很有名气的老师那儿,求他收自己为徒。

老师见这个年轻人确实是一块学剑的材料,态度也很诚恳,便留下了他。开始时,老师传授给年轻人一套剑法,指导了一会儿就让他自己练习,并嘱咐他说:"我只能传给你一些技法,主要还是得靠你自己勤加练习。"

年轻人听了老师的话,丝毫不敢懈怠,他牢记着老师所教的套路,每天都花很多时间练剑。几天过后,他发现自己的剑法进步了一点点,已经开始成型了,就非常高兴地去找老师。

老师让他在自己面前试练了一下。年轻人就拿起剑在老师面前"呼呼"地舞了起来。别说,还真有点剑客的味道。老师觉得确实比刚来的时候强多了,就点头表示赞许:"不错,继续努力,等达到炉火纯青的境界,你的目标也就实现了。"

年轻人听了很受鼓舞,他仿佛已经看到了自己成为剑客的那一幕:一身正气,身背长剑,游走江湖,到哪都受到人们的爱戴。但是他不知道到底哪一天才能真正达到纯熟的境界,就忍不住问老师:"我像这几天这么练下去,需要多久才能

年轻人舞起手中的长剑,已经颇有几分剑客的感觉,老师在一旁不住地点头认可。

夜半时分，年轻人还在努力地练着剑。

满头大汗，等到月落西山，还可以见到年轻人舞动的身影；地上原本绿油油的草地，经过他连日的践踏，早已秃了一大片；一旁静立的大树，更是每天摇起满身的枝叶，发出"沙沙"的响声，为他鼓掌助威。

一个月下来，月已经历了一轮圆缺，而他也由于连日苦心练习，显得消瘦了许多。但是，与他的努力不成正比的是，他的剑法却没有太大的长进。

有一天，老师过来看他练了一阵后，不满地摇摇头，皱着眉问他："你每天花多少时间练剑？"

"谨遵老师的教诲，我一刻都不敢懈怠，每天除了吃饭睡觉以外都在练剑，您看以我现在的努力和进步程度，什么时候能练成呢？"年轻人很急切地问。

练成呢？"

老师虽然看出了他急于求成的心理，但还是鼓励他说："三个月。"

年轻人高兴极了，心想："只要三个月就能练成呀！我还没有拿出全部的精力呢！以后我再认真一些，一定会提前达到目标的！到时候江湖上就又多了一个有名的剑客。"

为了尽早实现自己的理想，年轻人练剑更加勤奋了，每天除了吃饭睡觉就是拿剑不断地练习。

每天刚日出东山，年轻人已经练得

"三年。"老师毫不犹豫地回答。

"三年？您是嫌我花的时间还不够多吧，那我以后把晚上睡觉的时间也用来练剑，您看照这样下去我什么时候能练成呢？"年轻人更着急了。

"那么你需要三十年才能练成。"老师语重心长地说。

年轻人这才明白了老师的意思，从此他开始踏踏实实地练起剑来，不再想什么时候能够练成的问题了。由于心态平和，用心专一，自然进步很快。不久，他的剑法就达到了炉火纯青的地步，他也成了一名真正的剑客。

成长时光

这个故事告诉我们："欲速则不达。"做每件事都不是一蹴而就的，要先打好基础，再一步一步地提高。如果开始时就总想着什么时候能成功，急于求成的心理反而会阻碍你成功的脚步。在我们平时的学习中，切忌急于求成，要记住一口吃不成大胖子，一步一个脚印，才能走得更扎实。

练习跑步的小鹿

鹿妈妈生了一只小鹿，样子很乖巧，森林里的居民们都很喜欢她。跟别的孩子一样，小鹿也很贪玩，经常和松鼠、小猴他们在一起玩耍。

看着茁壮成长的小鹿，鹿妈妈觉得是教小鹿生存技巧的时候了，就对她说："孩子，你不能整天只顾玩耍，要学会保护自己的本领。"

小鹿满不在乎地说："我不怕，有爸爸妈妈保护我呢！"

鹿妈妈说："可是万一哪一天爸爸妈妈不在了呢？"

小鹿舍不得放弃和小伙伴们一起玩耍的欢乐时光，就继续找借口说："可是小猴小松鼠他们也没有练习啊！"

鹿妈妈严肃地教育她："孩子，你得明白'适者生存'的道理。他们和你不一样，小猴会爬树，松鼠会钻树洞，他们遇到危险会立刻躲起来，而命运只给了我们用来奔跑的四条腿，我们只有好好利用这四条腿，努力使自己跑得比别人更快，才不至于面临灭亡的境地。"

小鹿听了，立刻感到了自己的无知和幼稚，她向妈妈保证说："妈妈，您放

小猴看见小鹿在练习跑步，觉得很惊讶，他招呼小鹿一起玩耍。

心,明天一早我就开始练习跑步。"

第二天一大早,天上的星星还在眨着眼睛的时候,小鹿就起床开始练习跑步了。她给自己定下了个计划,每天都要沿着门前的小河,迎着太阳升起的方向跑到森林的边缘,再跑回来。

小鹿一边呼吸着早晨清新的空气,一边轻快地跑着,"哒哒,哒哒……"清脆的脚步声惊醒了还在睡觉的小动物们。一只小熊揉了揉惺忪的睡眼,不满地说:"唉,小鹿,这么早你跑什么步啊,吵得我都睡不好!"

"啊,熊大哥,还在睡觉啊!起来运动吧,清晨的空气多新鲜啊!"小鹿没有停下脚步,边跑边说。"我可没有你那精神头。"看着远去的小鹿,小熊打了个哈欠,倒头又睡了。

太阳渐渐地升高了,小鸟儿也在枝头唧唧喳喳地叫起来,小鹿已经累得满头大汗了,但是她的速度一点也没有减慢,而且要跑的路也越来越崎岖了。这时,小鹿的好朋友小猴子在树上看到了小鹿,就高兴地跟她打招呼:"小鹿,跑步有什么好玩儿的啊!听说小溪的那边长满了好吃的蘑菇,我们一起去采一些怎么样?"

"下午再说吧,早上是我练习跑步的时间。"小鹿一边跑一边说。

"哎呀,急什么呀,等坏人来了再跑也来得及嘛!真是一点都不懂得享受生

森林里来了一只大老虎,小动物们吓得惊慌失措,四处逃散。

活。"小猴子不满地翻了个跟头说。

"等坏人来了就晚了,那时候哪儿有时间再练习呢!小猴子,别生气,下午我再来找你玩吧……"说着,小鹿已经跑没影了。

小鹿就这样每天坚持跑步,慢慢地,她跑得越来越快,而且长得也越来越强壮。

终于有一天,一只凶猛的老虎搬到森林里来了,平时过着安逸生活的动物们顿时惊慌失措,有不少躲闪不及,就成了老虎的美餐。可是小鹿却一次次地逃脱了老虎的追捕,因为她一直练习跑步,所以跑得快极了,老虎根本追不上她。

成长时光

伟大的思想家孟子有一句警世名言:"生于忧患,死于安乐。"如果小鹿平时贪图安逸,不好好练习跑步,那么在危险来临时也会和别的动物一样陷入恐慌之中。"人无远虑,必有近忧。"我们的学习也是一个不断积累的过程,只有在平时认真学习,不断积累,考试时才不会慌了手脚。

连续三十八年的日记

竺可桢是中国著名的气象学家、地理学家。他于1890年生于浙江绍兴，1910年赴美求学，1918年获得博士学位后回到了祖国。竺可桢从青年时代就抱定"科学救国"的理想，一生致力于科学教育、研究和组织工作。

竺可桢有一个良好的习惯，就是每天坚持不懈地写日记。除了1935年以前写的日记在抗日战争期间丢失以外，从1936年1月1日到他去世的前一天——1974年2月6日，共38年零37天，日记一天也没有间断过，全部完整地保存着，共900多万字。

翻开竺可桢的日记，我们可以看到，在每天的正文前，都记载着当天的天气情况，比如天气阴晴、风向风力等，还记下了花开花落、春去冬来等季节特征。这些日记可不是竺可桢随便记的，而是为了研究"物候学"。这门学科和农业的关系非常大，主要研究动植物和环境变化之间的相互影响。

1962年春天，北京农科院的科学家们像往常一样，栽培花生以用于科学观察。没想到一场突如其来的寒流使得这些刚发芽的花生严重冻伤。大家都弄不清是怎么回事："今年栽培的日期和去年同期，去年的花生生长正常，今年的怎么就被冻伤

年复一年，竺可桢每天坚持不懈地在日记本上记录下天气和季节变化的情况。

了呢？"

竺可桢翻开日记本，很快就找到了答案。他发现，1962年北京的山桃、杏树开花的日子比1961年推迟了10天。这就是说，1962年的农业季节推迟了，再和去年同期播种花生就相当于比以往每年提前10天播种，自然就会受到寒流的侵害。

新中国成立初期，竺可桢在北海公园南门附近的中国科学院工作，而他的家住北海公园北门附近。虽然两地相距不远，但考虑到竺可桢已年近花甲，组织上便决定派车接送他上下班。但竺可桢毅然拒绝了组织上对他的特别照顾，坚持步行上下班。那段日子，无论刮风下雨、酷暑严寒，人们都可以看到一位老人早晨从公园的北门进来，南门出去，傍晚又从南门进来，北门出去。他就是竺可桢。

竺可桢上下班步行穿过公园，不是像游人那样悠闲自得地观赏公园里宜人的

竺可桢每天上下班步行穿过北海公园时，都对公园的景物做确切而又仔细的观察，以便做详细记录。

景色，而是对公园的景物进行仔细的观察：哪天柳絮飘飞，哪天北海结冰，哪天春燕回归，哪天丁香花开……回家后，他就在日记上认真地记载下来。这一习惯，一直保持了几十个年头。当他出差或有事不在家时，就让家人甚至邻居帮他观察和记录。

几十年来，这些平凡的科学观察工作，竺可桢一天都没有间断过。就是这些平凡的记录，为竺可桢积累了大量宝贵的资料，为他的创造性的科学研究工作奠定了坚实的基础。

1974年2月6日在他去世的前一天，当他从收音机里听到气象预报时，躺在病床上，用颤抖的手握住笔，记下了"晴转多云，东风一到二级……"，这是他一生中的最后一篇日记。

竺可桢是中国近代气象事业的主要奠基人，他在开创中国气象教育事业、筹划组建早期的中国气象观测网等方面，做出了卓越的贡献。

成长时光

毅力是衡量决心的尺度。记日记是一件很简单的事情，可是像竺可桢这样把记日记与研究学问联系起来，三十八年如一日，就绝对没那么简单了。这和水滴石穿的道理是一样的，一个小水滴微不足道，但长年累月地滴下去，连石头也能砸出坑！如果你有足够的信心、勇气和毅力对待学习，相信你一定能取得好成绩。

鲁班学艺的故事

鲁班是我国古代著名的能工巧匠。传说鲁班年轻的时候，听说终南山上有一位本领高超的工匠，便决定上终南山拜师学艺，做一个手艺精湛的工匠。这一年，鲁班辞别了父母，历尽千辛万苦来到了终南山。

等鲁班拜见了师父后，师父推给他一个箱子，说："跟我学手艺，就得用我的工具。可这些家伙我已经很多年没用了，你拿去修理修理吧。"

鲁班把木箱里的家伙拿出来一看，斧子崩了口子，刨子长满了锈，凿子又弯又秃，是该好好修理一下了。他二话不说，挽起袖子就在磨刀石上磨起来。他白天磨，晚上磨，磨得双手起了血泡，又高又厚的磨刀石，都被磨得像一道弯弯的月牙。

鲁班一直磨了七天七夜，斧子锋利了，刨子光滑了，凿子也磨出刃来了，一件件都闪闪发亮。鲁班把它们送给师父看，师父看了不住地点头。

师父说："试试你磨的这把斧子，你去把门前那棵大树砍倒。那棵大树已经长了五百年了。"

鲁班提起斧子走到大树下。这棵大树高耸入云，又粗又壮，几个人都抱不过

师父让鲁班打磨好斧子、刨子和凿子，然后用这几样工具测试他的基本功。

来。他没有被吓倒，抡起斧子就砍，足足砍了十二个日夜，才把这棵大树砍倒。

鲁班提起斧子进屋去见师父。师父又说："试试你磨的这把刨子，你先用斧子把这棵大树砍成一根大柁，再用刨子把它刨光，要光得不留一根毛刺儿。"

鲁班转过身，拿着斧子和刨子来到门前。他一斧接一斧地砍去了大树的枝，一刨又一刨地刨平了树干上的节疤，足足

学艺归来的鲁班给人们造了许多桥梁、房屋，还收了很多徒弟。

干了十二个日夜，才把那根大柁刨得又圆又光。

鲁班拿着斧子和刨子进屋去见师父。师父又说："试试你磨的这把凿子，你在大柁上凿两千四百个眼儿：六百个方的，六百个圆的，六百个棱的，六百个扁的。"

鲁班还是毫无怨言，拿起凿子和斧子，来到大柁旁边耐心地凿起来。他凿了一个眼儿又凿一个眼儿，只见一阵阵木屑乱飞。鲁班足足凿了十二个日夜，两千四百个眼儿都凿好了：六百个方的，六百个圆的，六百个棱的，六百个扁的。

师父看后笑了，他夸奖鲁班说：

"好孩子，我一定把全套手艺都教给你！"说完，他就把鲁班领到西屋。只见西屋里摆着好多模型，亭台楼阁，桌椅箱柜，各式各样，精致极了，鲁班都看花眼了。师父笑着说："你把这些模型拆下来再安上，每个模型都要拆一遍，安一遍，自己专心学，手艺就学好了。"

师父说完就走出去了。鲁班拿起模型，翻过来掉过去地看，每一件都认真地拆了三遍又安了三遍。每天饭也顾不得吃，觉也顾不得睡。师父早上来看他，他在琢磨；晚上来看他，他还在琢磨。

就这样，鲁班苦学了三年，把所有的手艺都学会了。师父还要试试他，就提出好多新模型让他造。鲁班一边琢磨一边做，结果都按师父说的式样做出来了。师父非常满意，同意他下山了。

鲁班拜别了师父，用师父给他的斧子、刨子、凿子，给人们造了许多桥梁、机械、房屋、家具，还教了不少徒弟，留下了许多动人的故事，被后人尊为木工的祖师。

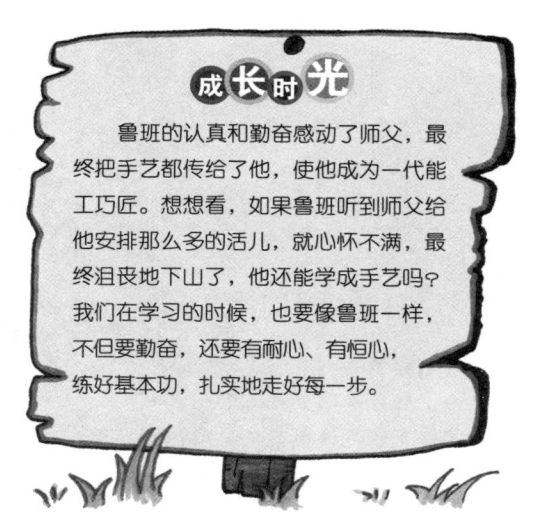

成长时光

鲁班的认真和勤奋感动了师父，最终把手艺都传给了他，使他成为一代能工巧匠。想想看，如果鲁班听到师父给他安排那么多的活儿，就心怀不满，最终沮丧地下山了，他还能学成手艺吗？我们在学习的时候，也要像鲁班一样，不但要勤奋，还要有耐心、有恒心，练好基本功，扎实地走好每一步。

鲁迅的秘密武器

鲁迅原名周树人，1881年出生在浙江省绍兴市，是我国20世纪二三十年代著名的文学家、思想家和革命家。

鲁迅小时候家境殷实，但自从父亲去世后，家里的生活每况愈下。18岁的时候，鲁迅离开家乡，投奔远在南京的亲友，进了江南水师学堂读书。鲁迅在南京期间，学习刻苦，第一学期就取得了优异的成绩，学校为此奖给他一枚金质奖章。同学们很是羡慕，就对他说："这样的荣誉真难得啊，你应该会好好珍藏这枚奖章吧？"鲁迅不以为然地说："有什么值得珍藏的？不过是金属一块，饿不能当饭吃，寒不能顶衣穿。"说完，他就把它拿到南京鼓楼街头卖掉，然后买了几本书，又买了一串红辣椒。和他一块儿去的同学惊奇地问："我们都在食堂吃饭，你买辣椒干什么啊？"

鲁迅神秘地笑笑说："这可是我的秘密武器。"

同学更奇怪了："什么？秘密武器？辣椒怎么会是武器呢？"

鲁迅道出了原委。原来，鲁迅的好成绩不是与生俱来的，而是通过每天刻苦读书得来的。鲁迅每天都读书到深夜，夜越深就越觉得困乏和寒冷，这时候，没有抵御疲倦和寒冷的武器，很难坚持下去，鲁迅就想出了这么个办法。

每到深夜难以坚持的时候，他总会摘

鲁迅经常读书到深夜，为了对付寒冷和疲倦，他经常把生辣椒放在嘴里嚼。

下一颗辣椒放在嘴里嚼，很快，他就会辣得全身冒火、两眼流泪，这样一来，既可驱寒，又可解困，两全其美。同学听了，深为鲁迅的治学精神所折服。

鲁迅先生学习刻苦，工作以后也同样勤奋，他把自己比喻成老黄牛，勉励自己像老黄牛一样勤勤恳恳、踏踏实实地为社会多做贡献。鲁迅体弱多病，工作和生活条件都不好，但每天都要工作到深夜，第二天起床后，有时连饭也顾不得吃，又开始工作，一直到吃晚饭时才走出自己的工作室。实在困了，就和衣躺到床上打个盹，醒后泡一碗浓茶，抽一支烟，又继续写作。

1918年，鲁迅首次以"鲁迅"为笔名，发表了中国现代文学史上第一篇白话文小说《狂人日记》。之后又陆续发表了《阿Q正传》、《呐喊》、《彷徨》、《坟》、《野草》、《朝花夕拾》、《热风》、《华盖集》等一系列作品。

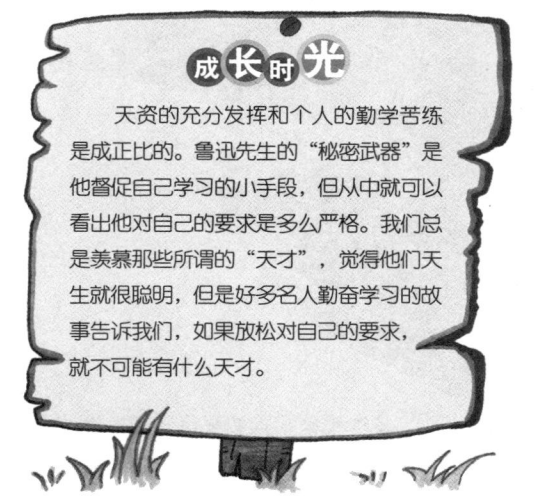

鲁迅先生工作起来废寝忘食，他经常是一支烟、一杯茶，一直写作到深夜。

在五四运动前后，鲁迅先生的文字起到了很好的社会效果。他文笔犀利，笔锋直指当时社会的黑暗现实，揭露了国民政府统治的堕落腐败，贫苦大众的民不聊生。

一时间，在社会上掀起了巨大的波澜，激起了许多青年的爱国热情，青年们都把他当作是崇拜的偶像。

对此，鲁迅先生依然保持本色，不骄不躁。有一天，一位来拜访鲁迅先生的客人称赞他是天才，鲁迅先生却平静地说："哪里有什么天才，我不过是把别人喝咖啡的功夫都用在了工作上。"

鲁迅先生为中国的文学和革命事业做出了巨大贡献。他虽然只活了短短55岁，却给我们留下了640万字的宝贵文化财富。

据统计，在他从事写作的18年中，平均每年写作35万多字，平均每天要写差不多一千字。这是多么惊人的数字啊！

成长时光

天资的充分发挥和个人的勤学苦练是成正比的。鲁迅先生的"秘密武器"是他督促自己学习的小手段，但从中就可以看出他对自己的要求是多么严格。我们总是羡慕那些所谓的"天才"，觉得他们天生就很聪明，但是好多名人勤奋学习的故事告诉我们，如果放松对自己的要求，就不可能有什么天才。

孟轲逃学

孟轲字子舆，出生于公元前372年，是战国时邹国（今山东省邹县）人。相传孟轲曾师从孔子的孙子子思，因此后世推孟轲为孔子学说的继承者，尊称他为"亚圣"。

孟轲的先辈曾是鲁国的贵族，后来沦为穷人。孟轲的父母亲都受过良好的教育。在父母的教育下，孟轲很小就对读书产生了兴趣，而且对什么都非常好奇。但孟轲太贪玩，这令他的母亲非常担忧。为了儿子的前途，孟母曾几次搬家，最后搬到了一个学堂附近。

每天早上，学堂窗口飘出琅琅的读书声，深深吸引着小孟轲。他经常站在窗外，跟着里面的学生一起读书。学堂的老先生见他很好学，就上前询问，发现他已认得不少字，《诗经》、《论语》也能背一些。先生爱才，就免了孟轲的学费，让他和其他小朋友一起读书。孟轲开始读书

其他同学在认真地跟着老先生朗诵课文，孟轲却偷偷地在下面睡大觉。

时非常认真,每天都按时完成功课。由于他天资聪明,功课常常做得特别出色,常得到先生的褒奖。但是,没过几天,由于整天都是一成不变地背书、写字,孟轲越来越感觉到枯燥乏味。渐渐地,他就对读书失去了兴趣,每天不是怔怔地望着窗外出神,就是偷偷地趴在书桌上睡大觉。

在一个春暖花开的时节,一天,孟轲又望着窗外发呆,他被窗外的景色深深吸引住了:一片桃红柳绿,鸟儿在欢快地歌唱,蝴蝶翩翩起舞。看着这一切,孟轲蠢蠢欲动起来,他借口上厕所,然后悄悄溜出了学堂。

外面的世界确实很精彩,孟轲一会儿捉蝴蝶,一会儿下河捞小鱼,早把读书的事抛到了九霄云外。直到他肚子饿得咕咕叫时,他才想到该回家了。

孟母正在织布,见孟轲这么早回家感到很奇怪,便问道:"怎么今天放学这么早?"

孟轲低着头抚弄着书袋,好一会儿没吭声。孟母走上前去,摸了摸他的额头,关心地问道:"是不是生病了?"孟轲脸红了,支吾着说:"我……没有病。"

孟母更加奇怪了,又问:"那为什么这样早就回家了?学堂放学了吗?"

孟轲见瞒不过去了,只好说了实话:"还没放学,是我自己溜回来的。"

孟母听后一声不响地走到织布机前,举起剪刀,猛地把机上织了一半的布剪断了。

见孟轲不思进取,逃学回家,孟母二话不说,拿起一把剪刀,把刚织了一半的布拦腰剪断了。

孟轲从未见过母亲生这么大的气,吓得赶忙跪下说:"我今天早退逃学回来,是我不对,可是您把布剪断,布不就织不成了吗?"孟母严肃地说:"你逃学正如我断机一样。我把布剪断,布就织不成材料;你才上学没几天就逃学,还能够学到本领,成为一个有用的人吗?"

孟轲听了母亲的话,终于明白了母亲的良苦用心,含着眼泪说:"母亲的一片苦心,孩儿会永远记住的,从今以后,孩儿再也不逃学了!"

从此,孟轲牢记母亲的话,朝夕诵读,勤学不懈,后来终于成为战国时著名的思想家和文学家。

成长时光

人要有毅力,否则将一事无成。布织到一半就剪断成不了材料,刚开始学习就逃学就什么也学不会。孟轲的妈妈采取了一种极端的方式让小孟轲明白坚持学习的重要性,我们是否从这个故事中得到了一些启示呢?即使你觉得学习很累很苦,也一定要坚持下去,千万不能半途而废,这样才能学有所成。

墨汁馒头的故事

在我国书法史上，有一篇被历代书法家公认为举世无双的"天下第一行书"，这就是王羲之的《兰亭序》。

王羲之是我国东晋时期杰出的书法家，他出身于一个书法世家，他的伯父王翼、王导，堂兄弟王恬、王洽等都是当时的书法名家。

王羲之从小就练习书法。他七岁那年，拜女书法家卫铄为师。到十二岁时，王羲之的字已经相当出色了，他自己却总是觉得不满意。因为经常听老师讲历代书法家勤学苦练的故事，王羲之便十分钦羡东汉"草圣"张芝的书法，并决心以张芝的字为榜样勤学苦练。

为了练好书法，王羲之每到一个地方，总是跋山涉水，四下寻找历代碑刻，然后把它们拓下来，回去后好好临摹。就这样，他不但积累了大量的书法资料，书法功底也是一天比一天见长。

王羲之在书房内、院子里、大门边甚至厕所的外面，都摆着凳子，安放好笔、墨、纸、砚，每想到一个结构好的字，就马上写到纸上。他常常写着写着就忘了周围的一切，从早上写到晚上，又从晚上写到深夜。夫人端来的饭食他都顾不上吃，通常都是凉了又热、热了又凉。对于任何一个字，甚至一笔一画，王羲之都是不练到自己

王羲之练字太专注，吃着墨汁馒头都不知道。

王羲之的书法作品登峰造极,他因此被后人誉为"书圣"。

满意绝不轻易罢休。

据说王羲之平时走路的时候,也随时用手指比划着练字,日子一久,连衣服都被他划破了。

有一天晚上,王羲之又遇上一个难写的字,写了不知多少遍了,始终不满意。他一遍一遍地写,地下到处都是废纸。不知不觉中,迎来了雄鸡的第一声啼鸣,他这才感到肚子早就饿了,也该歇歇了。于是,他抓起一个馒头,看也没看,就随手蘸着桌子上的一碟豆酱津津有味地吃起来,因为这种吃法简便,可以节省不少时间。

吃着吃着,他忽然皱起了眉头。原来,他又想到刚才那个字,换一种写法是不是会更好一些呢?于是他一边用馒头蘸着"豆酱"咀嚼着,一边继续练字。

这时,夫人走进来想劝他休息休息,可当她看到王羲之的时候,一下子就呆住了,接着忍不住"格格"地笑起来。

王羲之听到夫人莫名奇妙的笑声,就不解地问:"不就是写字吗,你又不是没见过,有什么好笑的?"

王夫人强忍住笑,对他说:"我哪儿是笑你写字啊,我是在笑你的墨汁馒头啊!"

"什么墨汁馒头?"王羲之愣愣地望着夫人说。

看王羲之还没反应过来,王夫人便笑着拿来铜镜。

王羲之一看,只见自己满嘴都是乌黑的墨汁。

原来,他聚精会神地练字时,一只手抓着馒头不知不觉伸到了砚池里,蘸着墨汁吃起来,显然,他是错把墨汁当成豆酱了。他写得那么专心,竟然连自己吃了略有臭味的墨汁都没有察觉。王羲之看了看镜子中的自己,也不由得哈哈大笑起来。

王羲之一生勤学苦练,博览秦汉篆隶大师的精品,精研体势,心摹手追,广采众长,冶于一炉,创造出了"天质自然,丰神盖代"的行书,被后人誉为"书圣"。王羲之晚年的书法已经达到了登峰造极的境界,《兰亭序》就是他晚年的得意之作。

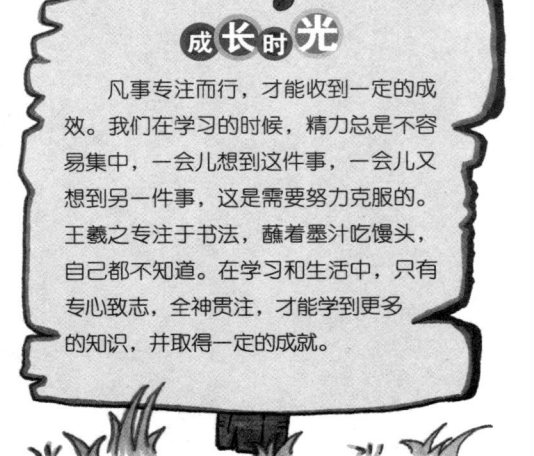

成长时光

凡事专注而行,才能收到一定的成效。我们在学习的时候,精力总是不容易集中,一会儿想到这件事,一会儿又想到另一件事,这是需要努力克服的。王羲之专注于书法,蘸着墨汁吃馒头,自己都不知道。在学习和生活中,只有专心致志,全神贯注,才能学到更多的知识,并取得一定的成就。

牧童画家——王冕

王冕是我国元代著名的画家、诗人，出生于今天的浙江省诸暨市。王冕周岁就会说话；三岁能对答自如；到五六岁，识字能力要比一般儿童高得多，因而被人们视为神童。

可惜在王冕七岁时，他的父亲就去世了。从此，王冕与母亲相依为命，日子过得十分艰难，只能靠母亲给人家做些针线活来维持生计。当时，村子里一位很有学问的私塾先生同情王冕，就免费收留王冕入了学堂。王冕学习很用功，成绩也非常突出。

三年过去了，王冕已经十岁了。一天，母亲把他叫到跟前说："儿啊，光靠我给人家做点针线活过日子，实在不是办法。我想让你去给财主家放牛，每月挣点银子，你也能有碗饭吃，你觉得怎么样？"

王冕说："娘，我乐意。看着您受苦受累，我心里实在不安。我去放牛，一来能减轻您的负担，二来放牛时带几本书也不耽误学习。"

从此，王冕每天都牵着牛到附近湖边的草地上去放牧。湖边有几十棵粗壮的

大雨过后，看着湖里鲜艳欲滴的荷花，王冕忍不住想把它们画下来。

垂柳。当牛儿在湖边吃草的时候,王冕就坐在树荫下读书。

有一天,天气极其闷热,王冕又牵着牛儿来到了湖边。不一会儿,天上乌云密布,接着就"哗哗"地下了一阵大雨。大雨过后,云彩渐渐散去,天空中洒下了大片的阳光,湖水如镜子般明亮。再看湖里的荷花,花苞上清水滴滴,荷叶上水珠滚滚,晶莹剔透,真是美极了!

王冕坐在湖边看得入了迷,心想:"这景致多美啊!可惜这里缺少一个画家,不能把这好看的荷花画出来。"忽然,他的眼睛一亮:"对!天下哪有学不会的事情,从现在开始,我就学习画画。"

从那天起,王冕在放牛的时候只要一有空,就拿起树枝在地上画荷花。刚开始时他画得一点都不像,不是把叶子画扁了,就是把秆画歪了,但王冕一点也不泄气,画了擦,擦了画。这样反复练习了好几个月后,王冕慢慢能辨认出自己画的是荷花了。

王冕高兴极了,于是偷偷地把妈妈糊窗户剩下的纸拿来,向上学的小伙伴们借了几只不用的秃笔在纸上画起来。家里所有的纸张都被他用光了,王冕就又向邻居要来一些废纸继续画。等到他已经快找不到纸的时候,纸上的荷花也已经活灵活现,像真的一样了。

接着,王冕就用树叶的绿汁当绿颜料,把红色的石头磨成粉末和水搅拌后当红颜料,给自己画的荷花涂上颜色,这样,画面上荷叶翠绿,荷花粉红,看起来和真的一样了。如果说有不一样的地方,

王冕找来纸和颜料,一笔一笔地画起荷花来。

那只是一个在水里,一个在纸上罢了。

时间长了,王冕会画荷花的事慢慢地流传开来,有些人还特意来买他画的荷花图。虽然王冕的画卖的钱不多,但是足够王冕买一些真的颜料,这样画出的荷花画更好看,买的人也更多了。慢慢地,他也可以拿些钱给妈妈补贴家用了。

从此以后,王冕就不再放牛了,而是集中精力读书学画。后来,他终于成了有名的大画家。

成长时光

古人云:"天道酬勤。"王冕由一个牧童成为画家,在于他比常人花了更多的时间去学画画,学习的时间愈长,下的功夫愈深,画出来的画就越好。我们在学习中也要有这种锲而不舍、坚持不懈的精神,不被困难吓倒,也不自己退缩,这样才能达到自己的目标,真正掌握自己所学的东西。

农夫的遗产

从前有个农夫，他特别勤劳，每天天不亮就下地劳作，月亮都升起来了，他才刚刚从田里回来。不但如此，他还养了好些牛羊，就这样，靠着辛勤与汗水，农夫的生活也越来越富裕。

日子一天天过去了，农夫的年龄也越来越大了。终于有一天，农夫得了重病，躺在床上，农夫知道自己已经活不了多久了。可是，他总觉得有一些事情还没有解决。原来，农夫有好几个儿子，由于从小生活就很优裕，他们都没吃过什么苦头，养成了游手好闲的毛病。

平时，对于父亲的劝告，他们总是一个耳朵听一个耳朵出。"现在，自己要去世了，以后，怎么才能让他们知道劳动的重要性，让他们继承自己一辈子积累下来的种地经验呢？"想到这里，农夫苦恼极了。

农夫整天躺在床上冥思苦想，终于想到了一个好办法。

这一天，农夫把几个儿子都叫到床前，语重心长地对他们说："孩子们，我即将离开这个世界了。我一生勤勤恳恳，现在，我把我最宝贵的东西留给了你们，它们就埋在咱们家的土地里，足够你们用一辈子

勤劳是农夫留给孩子们的宝贵遗产。

为了找到父亲留下的遗产，几个儿子把一大片田地都翻了一遍。

的。但那东西太小了，也许藏在大土块中，你们得把每一个土块敲碎才行。等我死后，你们就把它们挖出来吧。千万记得，一定得用心找才能找得到。"说完这些话，农夫眼睛一闭，离开了这个世界。

几个儿子见到父亲去世了，都很难过，可转念一想，父亲说把最珍贵的东西留给了他们，又觉得十分兴奋。他们想："父亲劳碌了一辈子，一定积攒下了好多的金银财宝，说不定还有什么更珍贵的东西呢！"

就这样，几个儿子怀着复杂的心情埋葬了父亲。第二天，几个兄弟聚集到一起，一块商议怎么样去找父亲留给他们的珍宝。

"把珍宝埋在了地里？那我们要怎么找呢？我可是拿不惯那些锄头！"大儿子说。

"可是，父亲不是说了吗？要把每一块土块都敲碎了才能找到，他从来没有欺骗过咱们，我们还是按他的主意去做吧。"二儿子说。

几个兄弟你看看我，我看看你，觉得这似乎是唯一的办法。于是，他们拿铁锹的拿铁锹，拿铲子的拿铲子，争先恐后地跑到土地上，可那片土地太大了，整整

一天，他们什么也没有找到。

"父亲从来不说谎的，只是我们还没有找到而已。"几个儿子都这样想。就这样，第二天，他们又来到了地里。可是，又一天过去了，还是没有看到任何宝物。几个儿子仍然不死心，于是，他们放弃了以前那些没有用的事情，全身心地投入到田里，一天过了一天，他们几乎把那片土地的每个角落都翻了一遍，可还是一无所获。

"是不是我们的方法不对？"于是，几个儿子又找来耙子，把每一个土块都捣得细细的，时间一天天过去了，宝物并没有出现，可是播种的季节马上就要到了，他们没有办法，只得在地里播下了种子。

谁知，那一年，地里的庄稼长得特别好，到了秋天收获的时候，打下的粮食甚至比父亲在世的时候还要多。他们把粮食拿到了市场上，卖了很多钱。

望着手中沉甸甸的银子，几个儿子终于明白了，原来父亲真的把自己最珍贵的东西留给了他们，那就是勤劳。

成长时光

这位农夫真聪明，他用巧妙的方式给孩子们上了最后一课，让他们明白了劳动的重要性。是啊，守着财产坐吃山空，任何"遗产"都是会用完的，但劳动却可以源源不断地创造财富。看完了这个故事，你是不是也能得到一些启示呢？自己动手，丰衣足食。我们辛勤的双手就是财富的源泉啊。

桥梁专家的诞生

茅以升是中国著名的桥梁专家。他出生在江苏省镇江市,那是一个美丽的江南小城,每年的端午节,城里都要举行龙舟大赛,以纪念伟大的文学家屈原。

在茅以升10岁那年,家乡的人们又要庆祝一年一度的端午节了。那年的龙舟比赛格外精彩,吸引了好多乡亲们前来观看,可就在这时,惨剧发生了。原来,看比赛的人都站在文德桥上,由于人太多,把桥压塌了,砸死、淹死了很多人。

看到这一幕,年少的茅以升感到难过极了。从那时起,茅以升便在心里给自己暗暗定了一个目标,那就是长大了一定要造出最结实的桥。

从此,茅以升只要看到桥,就总是从桥面到桥柱看个够。茅以升上学读书后,从书本上看到有关桥的文章、段落,就把它抄在本子上,遇到有关桥的图画就剪贴起来。时间长了,他足足积攒了厚厚的几大本子。

茅以升中学毕业后,考入唐山工业专门学校土木系。后来,他又考入唐山路矿学堂。1916年,茅以升以唐山路矿学堂第一名的成绩被清华学堂官费保送留美,成为研究生。

茅以升到美国康奈尔大学报到时,

不结实的桥梁因挤压而倒塌,导致了许多人丧生。

茅以升心想："一定要为中国人争口气！"

该校注册处主任傲慢地说："我从来没有听说过中国唐山路矿学堂这个名字，你必须经过考试，合格后才能注册。"

茅以升从中听出了他对中国人的蔑视，便下决心要用自己的行动为中国人争口气。考试结束后，他以最好的成绩折服了在场的老师，学校毫不犹豫地将他注册为桥梁专业的研究生。

不但如此，从那以后，凡是唐山路矿学堂毕业的、被保送到美国康奈尔大学作研究生的学生，学校特许不再经过考试这一关就可以直接注册。

入学后的茅以升学习十分刻苦，他决心用自己的表现为国争光。1917年，茅以升以优异的成绩获得了硕士学位。1919年，他又获得了工学博士学位。同年12月，24岁的茅以升谢绝了学校的邀请，毅然回到了正处在战乱中的祖国。

当时，国内正准备筹建在钱塘江上修建大桥。

那个时候，中国的大江大河上已经有了一些大桥，但都是外国人造的：济南黄河大桥是德国人修的，蚌埠淮河大桥是美国人修的，哈尔滨松花江大桥是俄国人修的，云南河口人字桥是法国人修的……茅以升想到这些，心里很不平静，他暗暗发誓："我们一定要自己修建钱塘江大桥，我们中国人有能力修好这座现代化大桥。外国人能干的，我们中国人也能干！"就这样，茅以升开始了对钱塘江大桥的总体设计。

1933年，茅以升担任钱塘江大桥工程处处长，他利用自己所学的知识，解决了建桥中的一个个技术难题。

经过5年的努力，现代化的钱塘江大桥终于建成了，茅以升终于实现了自己的理想。

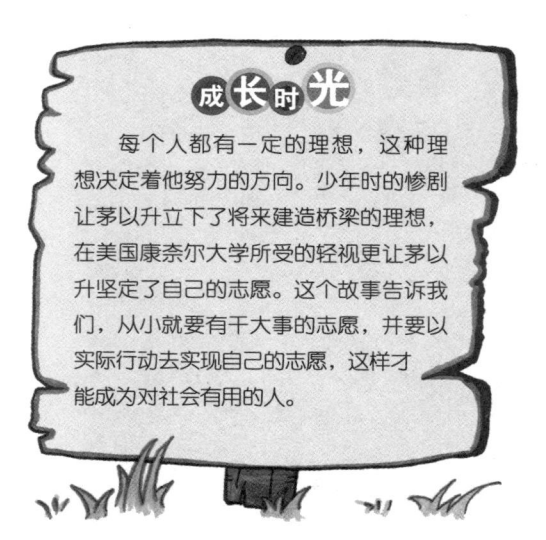

成长时光

每个人都有一定的理想，这种理想决定着他努力的方向。少年时的惨剧让茅以升立下了将来建造桥梁的理想，在美国康奈尔大学所受的轻视更让茅以升坚定了自己的志愿。这个故事告诉我们，从小就要有干大事的志愿，并要以实际行动去实现自己的志愿，这样才能成为对社会有用的人。

勤奋的玛丽

居里夫人生于1867年,是法国籍波兰科学家。她和丈夫皮埃尔·居里一起研究放射性现象,发现了镭和钋两种放射性元素,一生两度荣获诺贝尔奖,同时她也是第一位获得诺贝尔奖的女性。玛丽是居里夫人结婚以前用的名字。

玛丽的童年是很不幸的,她的妈妈体弱多病,是大姐照顾她长大的。后来,妈妈和大姐在玛丽不满10岁时就相继病逝了。这样的生活环境不仅培养了她独立生活的能力,也使她从小就磨炼出了坚强的意志。

1891年,24岁的玛丽只身来到巴黎墨尔本学院,开始了向往已久的大学生活。为了节省费用,她住在了当医生的姐姐家里,虽然住在姐姐家里生活舒适,不用为生活发愁,但是这里整天病人不断,而且总难免要和姐姐、姐夫聊天,这大大影响了她的学习。

玛丽住在一个没有暖气的阁楼里,尽管冷得发抖,她还是经常学习到深夜。

于是，玛丽搬了出去，在学校附近租了一间房子住了下来。准确地说，这只是一间阁楼，没有暖气，没有煤气，没有水，也没有电灯。

在她的生活中，除了学习，没有别的时间，正如玛丽写给父亲的信中所说的："读书、读书！这就是我目前生活的全部。"

玛丽的生活费一天只有三法郎，却要应付衣、食、住、书籍、纸墨的花销。为了能省出钱来购买书籍，她经常穿着褪了色的衣服；为了省煤，冬天家里不生火，玛丽冻得手指麻木，就跑到离家不远的图书馆去学习。图书馆如同浩瀚的知识海洋，紧紧地吸引着玛丽。玛丽像块贪婪的海绵，拼命地吮吸着知识的乳汁。

每当晚上十点钟，图书馆闭馆了，玛丽不得不重新回到自己这个冰窖似的阁楼上来，在煤油灯下继续用功，一直到后半夜两点钟。

当玛丽躺在床上休息的时候，又被冻得不得不爬起来，把自己所有的衣服一件一件地全部穿上，再重新躺下。早晨起床的时候，洗脸盆里的水早就冻成了冰块，就连水壶里的水也结成了冰。艰苦的生活，刻苦的学习，弄得这位年轻的姑娘脸色苍白，身体非常虚弱。

一次，她的一位女友爬上她的小阁楼，一推门却见玛丽昏倒在地，女友赶紧转身跑去喊来了玛丽的当医生的姐夫。细

玛丽读书读到顾不上吃饭，昏倒在家里。一位恰巧赶来的女友看见后，赶忙叫来了玛丽的姐夫。

心的姐夫立即发现她那干净的盘子、空荡荡的蒸锅，就追问她："你今天吃了什么东西？怎么锅、盘都这样干净？"

玛丽知道瞒不过去了，只好说了实话，原来昨天晚上她只吃了一把小萝卜和半磅樱桃，又看书到半夜三点，早晨起来上学，回来又吃了几个小萝卜。

玛丽就这样苦读了两年，最终以第一名的成绩考取了物理学学士学位；第二年，她又以第二名的成绩考取了数学学士学位。

后来，玛丽以自己的勤奋和天赋，在物理学和化学领域，都做出了杰出的贡献，并因此成为唯一一位在两个不同学科领域获得诺贝尔奖的著名科学家。

成长时光

没有加倍的勤奋，就没有成功。聪明的资质、内在的干劲、勤奋的工作态度和坚韧不拔的精神，这些都是成功必需的条件。在我们小的时候，每个人都希望将来能有所成就，可是往往一遇到困难就畏畏缩缩，止步不前，或许我们所缺少的正是玛丽这种刻苦忘我的钻研精神。

塞纳河上的灯塔

福楼拜是19世纪法国著名的文学家,于1821年12月17日出生于法国卢昂的一个医生世家。他的主要作品有《包法利夫人》、《一颗简单的心》、《萨朗波》和《情感教育》等。这些作品反映了1848年~1871年法国的时代风貌,揭露了丑恶鄙俗的资产阶级社会。福楼拜的"客观而无动于衷"的创作理论和精雕细刻的艺术风格,在法国文学史上独树一帜。

青年时期的福楼拜曾在巴黎攻读法律,后来因病辍学。1846年,父亲去世后,福楼拜从巴黎回到了塞纳河畔,住在父亲留下来的克鲁瓦舍的别墅里,专门从事写作。福楼拜埋头于文学创作,除偶尔到巴黎拜会一下文艺界的朋友外,在那里独身终其一生。

塞纳河畔是风景非常优美的地方,河水日夜不息地缓缓流着,河上来往的船只川流不息,两岸高大的树木伸展着苍壮的枝条,河风吹来,河面泛起层层

福楼拜写作很勤奋,经常一写就是一个通宵。

每到夜晚，福楼拜的窗口就会射出明亮的灯光，它已经成为塞纳河上的一座"天然灯塔"。

波纹，林中呜呜作响。优美、和谐的自然环境，给福楼拜的写作带来了无限的灵感和创意。

福楼拜对待创作极其认真。为了提高作品的质量，他的写作速度是很慢的。据说，他平均每五年才写出一部书来，长篇小说《包法利夫人》就是他花4年多时间写出来的。

有时候，福楼拜一个星期才写两页；有时候，六个星期写25页；有时候，两个月写27页。有一次，福楼拜从7月到11月底，只写了一幕剧。他在给友人的信中也提及过，说自己为了8行文字而修改了3天，为了构思一段50行的描写而花费了几个月的时间。

实际上，福楼拜的这种"慢"，是他对作品精益求精的表现，表现了一种严谨的工作作风。

福楼拜是一位非常严肃的作家，他认为天才是由耐心成就的，急于求成写不成好文章。正是他对作品近乎苛刻的"精雕细琢"，才成就了他在世界文坛上的崇高地位。

福楼拜房间的窗户正好对着塞纳河。每当他感到疲倦时，总会凭窗远眺，舒缓自己高度紧张的神经，以便进入更好的工作状态。虽然他写作速度不快，但笔耕不辍，经常在深夜里专心写作，一写就是一个通宵。

福楼拜的屋子里的电灯罩着一个绿色的灯罩，一片绿色的光透到窗外，它和福楼拜一样"彻夜不眠"，经常直到太阳快出来的时候才熄灭。所以，晚上到塞纳河上捕鱼的船夫们，都把它当成了灯塔。从哈佛开往卢昂的海上的船长们也都知道，在这段航路上要想不迷失方向，就应该以福楼拜的窗户为目标，把它当成一座天然的灯塔——塞纳河上的灯塔。

1880年3月8日，福楼拜溘然长逝了。这位不知疲倦的"文学劳动者"，终其一生都在精雕细琢着每一件作品，这些作品耗尽了他的心血。

福楼拜的学生、著名作家莫泊桑是这样叙述他的死亡的："终于，这一次他倒下了，死在他所工作着的桌子的脚柱边。"

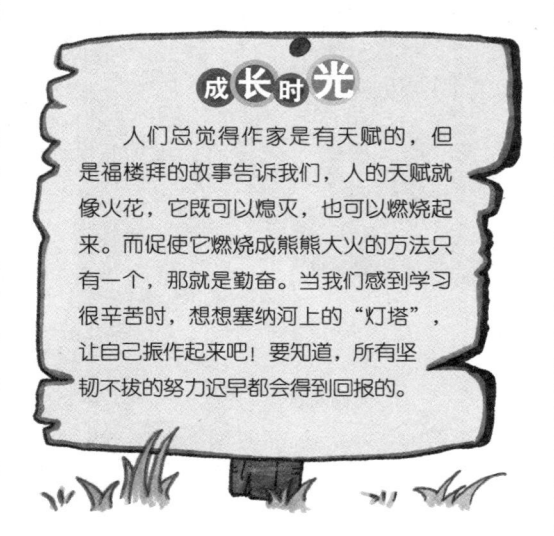

成长时光

人们总觉得作家是有天赋的，但是福楼拜的故事告诉我们，人的天赋就像火花，它既可以熄灭，也可以燃烧起来。而促使它燃烧成熊熊大火的方法只有一个，那就是勤奋。当我们感到学习很辛苦时，想想塞纳河上的"灯塔"，让自己振作起来吧！要知道，所有坚韧不拔的努力迟早都会得到回报的。

三年不见老师的学生

孔子很喜欢一个叫颜琢的弟子,因为他非常聪明,悟性极高。颜琢也很尊敬孔子,经常虚心地向孔子请教问题。

一天,颜琢又拿着本书来找孔子,刚走到窗户边,就隐隐约约听到里面有人在说他的名字,于是停下脚步,侧耳细听,原来是老师和他的一个好朋友东门长老正在谈论自己。

东门长老说:"总听你夸奖颜琢聪明,我想他将来会很有出息吧?"孔子回答:"是有点聪明,不过,聪明却未必成得了大器啊!"说者,孔子一声长叹。

东门长老禁不住问:"哦?为什么这么讲呢?"孔子低声说:"他不愿苦学,我从来就没指望他成大才。"听到这儿,颜琢觉得脑袋"嗡"一声,再也听不下去了。原来自己在老师眼中竟然是这样

颜琢刚走到窗户跟前,就听见老师和东门长老在谈论自己。

的，以后还有什么脸面再待在这里。颜琛心里暗下决心：将来一定要让老师看看，我到底有没有出息。他给老师留下一张纸条："三年以后再见。"便卷起铺盖回家了。

到家后，颜琛对妻子说："从今天起，我要在家苦读三年，这期间谁来我都不会接见，请你看好大门。"说完，他一头扎进书房用起功来。

妻子急匆匆地跑进书房，对颜琛说："孔老先生来了。"颜琛头也不抬，让妻子赶紧把老师打发走。

从此以后，颜琛每天起早贪晚，不出书房一步。

一晃一年过去了。有一天，颜琛的夫人急匆匆地跑进书房，说："孔老先生来了！"谁知，颜琛头也没抬一下地说："告诉他，我不在家。"夫人只得向孔子撒谎。孔子听了，微笑着说："明年再来，明年再来。"

第二年的这个时候，孔子果然又来了，颜琛还是大门紧闭，拒不见客。孔子只得告辞而去。

到了第三年的这个时候，颜琛已饱读诗书、满腹经纶。他知道该是向老师证明自己的时候了，便做好了充分的准备。这一天，颜琛早早地起了床，刚到书房，就见夫人一步闯了进来，说："孔先生又来了。"

颜琛连忙"噔噔"跑到大门外。"快快请进！"说着，他便亲自把孔子迎进门来，让到了上座。与孔子同路来的，还有东门长老。

孔子笑着对他说："你三年不见外人，把自己关在家里做什么呢？"颜琛回答："三年前我听到了你们的谈话，深感羞愧，于是闭门不出，发誓做出点成绩给您看看。"孔子说："好，我来检验检验你这三年里闭门苦读的成果。"说完，他考查了一番颜琛的学问，颜琛对答如流。孔子非常满意，这才道出原委："果然没让我失望！你知道三年前为何我和长老背后议论你吗？那是因为我见你聪明、有志气，但不能刻苦努力，不爱独立钻研，所以才特地为你定下的计策呀！"

颜琛这才恍然大悟，明白了恩师的良苦用心，三人释怀而笑。

成长时光

孔子曾说过："知耻近乎勇。"就是说，一个人认识到了自己的不足，并且为之而感到羞耻，就已经是有勇气的一种表现。在孔子的引导下，颜琛认识到自己的不足，并且下苦功去弥补，最终在学问上有了很大的长进。我们每个人都应该时常关注自己的不足，并努力改正，这样才会在求知路上不断进步。

"三余"时间苦读书

董遇字季直，陕西弘农人，是我国三国时期著名的经学家。他为人朴实敦厚，从小喜欢学习，掌握了丰富的知识，从不像浮华子弟那样夸夸其谈，哗众取宠。

董遇儿时正值东汉末年，当时奸臣当道，官匪不分，地方势力对百姓劫掠烧杀，异常残暴。董遇生活的关中地区连年大旱，五谷不收，经常发生人吃人的现象，到处尸骨成堆。

董遇和他的哥哥没法在家住下去，只好远离家乡，投奔朋友。在朋友那里找到歇脚的地方以后，董遇和哥哥每天都会上山打柴，背出来卖几个钱，换一些粮食，以维持生计。在这样艰苦的环境里，董遇仍然没有放松学习。每天回到家时，人已累得精疲力尽了，可董遇仍然不顾劳累，专心读书。夜里读书的时间长了，董遇总免不了打瞌睡，每当这时候，他就赶忙起身，取来一盆冷水，用毛巾蘸着洗脸，冰冷的水让他顿时清醒了许多，他又坐在桌前，埋头读起来。

冬天大雪纷飞，屋里冷得如同冰窖。董遇手脚都冻木了，仍然端坐在桌前

董遇读书非常刻苦，别人都在睡觉的时候，他仍在秉烛夜读。

董遇每次上山砍柴总会带上一本书，一有空就拿出来诵读。

刻苦攻读。夏天闷热异常，蚊虫飞舞，坐着不动都热汗直流，董遇全然不顾，即使被叮得浑身是包，依然手不释卷。

每次出门，董遇都带着书本，一有空闲就拿出来诵读。他的哥哥是个粗人，见弟弟整天书不离身，就讥笑他："看你又累又饿，还不歇一歇，读书能填饱肚子吗？只会白白耗费力气。"董遇听了，既不生气，也不泄气，照样读他的书。

成长时光

鲁迅先生曾说过："时间就像海绵里的水，只要愿挤，总还是有的。"董遇利用"三余"时间刻苦攻读的故事就说明了这个道理。当我们说自己没有时间学习的时候，不妨仔细想想，平时有没有把一些零碎的时间白白浪费掉了呢？时间是构成生命的材料，而节省时间就等于延长了人的生命。

功夫不负有心人，经过多年的勤奋学习、博览群书，董遇成了一名学者。他对《老子》很有研究，替它作了注释；对《春秋左氏传》也下过很深的功夫。

附近的读书人听说董遇学有专长，纷纷登门拜访，向他讨教书中的疑难问题，他总是告诉人家："先用心读吧！读上百遍再说。"

请教的人见董遇不肯讲解，不免有点失望。董遇解释道："不管什么书，只要认真读上百遍，边读边揣摩，总会懂得它的意思的。如果你们还有不懂的地方，我再讲给你们听也不迟。"

请教的人又说："您说的很有道理，可是我们哪有这么多的时间呢？"

董遇听到人家说没有时间读书，摇摇头说："学习就怕不立志，立志就不怕没时间，你们为什么不利用'三余'时间呢？"

"什么叫'三余'时间？"众人疑惑不解地问。

"'三余'就是三种空闲时间：冬天，冰天雪地，没有多少农活，这是一年里的空余时间；夜间，黑咕隆咚，不便下地劳动，这是一天里的空余时间；雨天，遍地泥泞，不好出门干活，也是一种空余时间。好好利用'三余'，就可以读很多书了。"

那些人听了董遇的话，才认识到原来不是自己没有时间，而是不会利用时间。他们谢过董遇的教导，高兴地走了。

董遇这个生长在离乱年代、靠自己的劳动维持生计的穷人，正是由于善于利用时间，刻苦学习、独立钻研，才成为三国时期一名著名的学者。

"傻子"学者

宋朝时期，在我国福州地区有一个名叫陈正之的著名学者。他能成为一名博学之士，完全是靠自己的勤奋和努力。

陈正之小时候反应迟钝，记忆力很差，看上去还有点呆头呆脑，简直就像根木头一样，因此常常受人欺负，陈正之只好整天呆在家里一个人闷头发呆。

看着天生有缺陷的陈正之，父亲也经常为他的将来担忧。到了入学的年龄，父亲心想，这孩子成天这样呆在家里也不是个办法，好歹让他识几个字，以后也好不被人骗。于是，父亲把陈正之送到了村子里的学堂，让他和别的孩子在一起读书。

看来，陈正之还真不是块读书的料，他的愚钝着实让老师头疼，他自己也备感挫折。刚开始的时候，老师教大家学一篇几百字的文章，其他同学很快便学会了，陈正之费了九牛二虎之力，才认识了几十个字，没过几天，又忘得差不多了。

后来陈正之认识的字越来越多了，可他又常常张冠李戴，写出来的文章驴唇不对马嘴，别人根本看不明白。一向脾气温和的老师看后也不禁怒得拍案而起，直叹："朽木不可雕也！"课堂上读书的时候，陈正之常常将一篇课文读得七零八落，别人听着根本不知所云。见他呆头呆脑的样子，同学们哄堂大笑，渐渐地都当着他的面叫他

课间，别的同学都在追逐嬉戏，陈正之依然趴在课桌上苦读。

"陈傻子"。

老师的失望、同学的嘲笑深深地伤害了陈正之的自尊心，他回家对父亲说："父亲，我不会读书，别人都嘲笑我，我还是在家帮您干活吧！"

看着虽然愚笨但很懂事的孩子，父亲一阵心酸，摸着他的头说："儿子，别人爱怎么说就让他们说去吧！家里也不需要你帮忙。记住一点，勤能补拙，你就尽你所能去读书，学到什么程度就算什么程度吧！"

小陈正之暗暗记住了父亲的话，不

父亲鼓励陈正之勤能补拙。

再自暴自弃。从此，他顶着别人的嘲笑，忍着内心巨大的压力，把所有心思都花在了学习上。学习课文时，别人读一遍，他就读三遍、四遍，甚至读八遍、十遍；别人用一个时辰读书，他就用上几个时辰埋头苦读。

别的同学都在做游戏嬉戏时，他仍趴在桌上一动不动地朗诵着课文。同学见状，纷纷讥讽他："嘿，陈傻子！凭你那榆木脑袋，还想当大学问家啊？"对此，陈正之仍不为所动，埋头苦读。

在家的时候，除了吃饭睡觉，陈正

之把所有时间都用在读书上，他一遍又一遍地读，有时候听得父亲都烦了，无可奈何地问："一篇文章你读这么多遍都没记住吗？"

他抬起头老老实实地回答："已经记住了，可是我怕明天就忘了，所以再读几遍。"看他这么执着，父亲也没办法，只好摇摇头走开了。

慢慢地，陈正之开始有所长进。有一年，他跟老师读《诗经》，老师讲完课，他就一段一段地弄懂读熟。每学完一章，他又把整章串起来读，一直读到背熟为止。到了年终，《诗经》学完了，陈正之竟能把书全部背下来。从此以后，老师和同学都对他刮目相看。

日复一日，年复一年，陈正之坚持不懈地努力，不仅博览群书，还养成了锲而不舍的好习惯。后来，陈正之终于成为我国宋朝一位著名的博学之士，人们都尊称他为"陈学者"。

成长时光

古语说得好："一勤天下无难事。"天资平庸的人，只要勤学不倦，也可以取得很好的成绩；相反，如果不肯刻苦学习，即使是天资聪明的人，也会毫无成就。当我们感觉自己学习不如别人效率高、成绩不如别人好时，一定要记住"勤能补拙"，只要我们有恒心，肯下苦功夫，就一定会有所收获。

上天的恩赐

有一个老人在外地漂泊了多年,饱尝世间冷暖,年老的时候便想找个地方安顿下来,结束这种浮萍似的日子。一天,他来到一座小山村,发现这里山清水秀,就决定把这里当作自己养老的地方。

在乡亲们的帮助下,老人搭建了一个简陋的小房子住了下来。

安身之所有了,可是却无衣食来源,老人便在村子四周转悠,想找一块空置的闲地种庄稼。可是,村子周围的土地都让人占用了,别说土质肥沃的,连没有什么养分的都种上了一些对土质要求不高的作物。找来找去,老人最终发现在村后的山坡上留有一块空地。

这块地看上去垃圾遍野、瓦砾成堆,难怪没有人要。怎么办?种还是不种?种了有可能白白浪费时间,不种自己吃什么?老人实在过够了流浪的生活,并且想起了自己小时候父亲常说的一句话:"一个勤劳的农夫能把薄田变成肥地。"于是他决定动手开垦这块地。

老人先向人借来铁锹,花了好几

老人在满是沙砾的土地上辛勤地开垦着,引来了路人的一片置疑。

终于丰收了！一位年轻人羡慕地问老人为什么会有如此好的土地，老人说这是靠努力得来的。

天，把深埋在地下的树根都挖了上来，并运回家留着当柴火用。然后把砖头、石块、垃圾、杂草等一一清除，最后把土翻松，把地整平……当他做这一切的时候，好心的村民都劝他："老人家，这地土质太差了，我们曾经在这种过庄稼，结果一年下来，收成还不够吃饭的。"

老人谢过村民们，说："大家的好意我心领了，但是这里能不能长庄稼现在还不确定，得试了以后才知道。"

也有人嘲笑他说："老头子，你是不是想从这些砖块中找到金子啊？"老人回答他："没准这块地真有不少'金子'呢！"

第二年春天，老人就在已经开垦好的地里播下了种子，然后天天守候着，盼望着芽儿能尽快冒出来。也许他的诚意感动了老天爷，没过几天，地上就真的钻出了嫩绿的新芽，虽然只是寥寥几个，但它们一个个精神饱满，像新生的婴儿一样，张开了两只柔嫩的小手。老人非常欣喜，就像对待自己孩子一样照料它们。芽儿长得稍高一点的时候，老人就赶紧给它们施肥；天气干了，老人又从山脚下挑上水来，一棵一棵地喂它们喝饱；地里长了杂草，老人又一棵一棵耐心地拔掉。

终于到了收获的季节，虽然收成少得可怜，但老人什么都没有抱怨，依旧满怀喜悦地收获着自己的劳动成果。第二年，老人投注了更多的心血，花费了更多的精力来打理这块土地。他深信，这块土地会给他一个丰厚的回报的。

就这样，两年，三年，一晃几年过去了，老人终于迎来了丰收的一年。

那一年，原本光秃秃的、满是瓦砾沙石的焦土已经变成了金黄的麦田。一眼望去，犹如遍地的黄金一般，这块贫瘠的土地果然产出了"黄金"。

一位路过的年轻人看到老人的庄稼，忍不住打招呼："老人家，您这块地收成可真不错，在这个穷山沟里有这么一块好地，真是上天的恩赐啊！"

老人擦了一下额上的汗水，笑呵呵地说："是啊，年轻人，上天是赐给了我这块肥沃的土地，不过这个'上天'不是我哀求来的，而是实实在在干出来的啊！"

成长时光

同样一片土地，为什么有人在它身上看不到希望，而老人却在上面获得了丰收呢？这就如同现实生活中对待同一件事，有的人失败了，有的人却能圆满地完成。这不仅仅是一种看法和信念上的差异，更表现为一种行动上的迥异，没有付出努力，怎么会有收获？坚信一点：付出总有回报！

十年成一画

古时候有个叫张彦的人,他非常喜欢画画,一有空就在屋里画个不停。

张彦有几个一起学画的朋友,他们每隔一段时间总要聚在一起交流作画的心得,还都把自己的作品拿出来互相评点。每次张彦都参加聚会,但从不带自己的画作,也闭口不谈自己的绘画水平。

对此,朋友们很是纳闷儿:张彦从来不带自己的作品,难道是怕我们偷学他的技巧不成?难道他更喜欢留着孤芳自赏吗?对于朋友们的疑问,张彦总是淡然一笑,未置可否。

有一次,一位朋友去拜访张彦,也想顺便领教一下他的绘画水平。朋友进门的时候,发现张彦正全神贯注地画着画,丝毫没有觉察到他的到来,就蹑手蹑脚地走到他旁边,悄悄站在一边看着张彦画画。

张彦笔法熟练,寥寥数笔,便已完成一个轮廓,然后稍加描绘,一副栩栩如生的画作便已跃然纸上。朋友刚要上前称赞,就见张彦只是匆匆看了几眼,眉头一皱,就把画一揉扔进了旁边的粗布口袋。

朋友大为惊异,不知道张彦葫芦里卖的什么药,就继续静立一旁,想看个究竟。没想到第二幅画、第三幅画张彦依然如此,画完就把它塞进口袋里。

张彦画了一张又一张,每一次他都不满意自己的画。

看着看着，朋友终于忍不住了，开口问道："张彦，你到底在干什么呢？难道这么长时间没有一幅画得好吗？"

张彦这才看见朋友来了，不好意思地摇摇头说："兄台几时来的？我竟不曾察觉。至于作的画，我自己总觉得不满意，自己不满意的东西又怎好拿给别人看呢？"

朋友说："我就不信没有一张你满意的。"说完，他从张彦的口袋中随手拿出一个纸团，展开一看，画中是一幅牡丹，明艳欲滴，非常漂亮，简直和真的一样。朋友很吃惊："张兄未免太苛求自己了吧！这样好的画作还不能见人吗？"

张彦说："我20岁才开始学画画，基本功很差，画这种简单的东西似乎还行，可是大的作品根本不行，更别提什么神韵了。所以无颜拿出去示人。"

朋友摇摇头，觉得张彦真是不可理喻，要是别人，早拿到市场上卖了。

转眼十年过去了，那些和张彦一起学画的朋友有些都已经成名了，张彦还是没有公开展示过自己的画。几个朋友决定去看看张彦的画画水平究竟如何了，顺便向他炫耀炫耀自己的成就。

这一天，他们相约去找张彦。一进门，发现张彦家已然变了个样：原本屋里的一堵墙已经被打通，出现在眼前的是一片很大的花园，里面各种花儿争奇斗

朋友们来到张彦的家里，发现他家已经大变样：屋后突然多了个大花园，而张彦正站在花园里看着一只落在花上的蝴蝶。

艳，张彦背对他们站着，正在看一只落在牡丹上的蝴蝶。朋友中的一位走上前去，想拍一下张彦的肩膀，这才发现，这原来是一面墙，花园、牡丹花、蝴蝶，包括背对他们的张彦，都是画上去的。他们这才知道，张彦的绘画水平已经到了出神入化的地步，自己和他比起来无疑是捉襟见肘了。

经过十年的刻苦努力，张彦终于敢将自己的画作示众了，他的画作形神兼备，生动传神，深得人们的好评。张彦十年磨一剑，终于成了当时最著名的画家之一。

成长时光

"业精于勤，荒于嬉；行成于思，毁于随。"张彦用十年的时间画出自己满意的画，这种认真的态度真让人佩服！我们在学习中和生活中，往往会对自己放松要求，有时事情做得马马虎虎，还说"要那么认真干吗"，其实没想到这是对自己的不负责，长此以往，什么事都做不好，后悔也来不及了。

手不释卷

吕蒙是继周瑜、鲁肃之后,东吴最突出的一员将领。他曾屡次为孙权、鲁肃出谋划策,为东吴立下了汗马功劳。但是你知道吗?吕蒙以前却是不学无术的一介武夫。

吕蒙出身贫寒,十五六岁就从军打仗,没读过什么书,也没什么学问。吕蒙从小就练得一身好武艺,立了不少战功,颇受孙权的器重。但吕蒙有一个大缺点,那就是非常自大,自以为那些满腹经纶的满朝文武也不过如此,自己一天书也未读过,他们未必比自己高明。

可是别人却不这么想,连办事一向沉稳老练、不轻易表露立场的鲁肃,都明确指出不屑与吕蒙为伍。他认为吕蒙不过是草莽之辈,四肢发达,头脑简单,不屑与之谈论国家大事。

孙权见文武百官都对吕蒙心怀不满,怕日后交与大事难以服众,便找机会对吕蒙说:"你现在很年轻,应该多读些史书、兵书,增长自己的才干。"

吕蒙一听,不耐烦地说:"军队里

孙权找来吕蒙,劝他多读些书。吕蒙大为感动,立誓发奋读书。

吕蒙利用军旅闲暇苦读诗书。

的事情又多又杂，我哪有时间看书呀！"

孙权听了严厉地说："你这样想就不对了。说到忙，难道你比我还忙么？我主管国家大事，比你忙得多，可仍然经常抽出时间读书。

"自当政以来，我经常温习历史，饱读诸家兵书，获益匪浅。当年，汉光武帝即使在戎马倥偬中，也不忘学习，经常手不释卷；曹操也自称老而好学。你屈屈一个小军官，竟然也好意思说自己忙得没有时间！"

吕蒙听了孙权的话十分惭愧，低头不语。孙权进而勉励他说："你很聪明，只要肯学，一定很容易见效。应当赶紧读读《孙子》、《六韬》等兵书和《左传》、《国语》等史书。"吕蒙见主公如此器重自己，大受鼓舞，从此便开始发奋读书。吕蒙利用军旅闲暇，饱读诗书。功夫不负有心人，渐渐地，吕蒙的知识比以前丰富了，对一些问题也有了自己独到的见解。

周瑜死后，鲁肃代替周瑜驻防陆口。鲁肃率大军路过吕蒙驻地时，一个谋士建议鲁肃说："吕将军功名日高，您不应该怠慢他，最好前去拜访一下。"

鲁肃心想："不过是有勇无谋的一个武夫，谈什么功名。不过为了表示礼貌，前去拜会一下也好。"吕蒙热情地招待了鲁肃。在席间，吕蒙问鲁肃："和关羽为邻，你打算如何又联合他又提防他，有没有考虑过？"

鲁肃满不在乎，而随口应道："没有考虑过，到时看着办。"

吕蒙严肃地提出批评，然后滔滔不绝地分析了双方形势，并当场提笔，写出五条良计，见解独到精妙，全面深刻。

鲁肃看罢又惊又喜，马上改变了对吕蒙的看法，赞叹道："真没想到，你的才智进步如此之快……我以前只知道你是一介武夫，原来你的学识也十分广博啊！"

吕蒙笑道："士别三日，当刮目相看。这全是当初主公劝我读书的功劳啊。"

成长时光

吕蒙原本是一个不识字的武夫，通过自己的勤奋学习，终于成了一个学识渊博的人，让原来看不起他的鲁肃刮目相看，他靠的就是勤奋读书。我国著名数学家华罗庚曾说过："勤能补拙是良训，一分辛苦一分才。"学习并不在乎早晚，只要你有学习的决心和恒心，一定会取得令人刮目相看的成绩。

四万次试验的收获

19世纪末,许多电器已经诞生,如电灯、电话、电报等。这些电器的问世,给人们的生活带来了极大的便利。然而,这些电器都是以电为动力的。没有了电,这些东西就毫无利用价值。

电的来源有两个途径:一是由发电机发电,二是由蓄电池供电。蓄电池便于携带,使用方便,但当时的铅蓄电池是由铅和硫酸制成的,供电的时间太短,因此,人们称之为"短命蓄电池"。

爱迪生,这位已经拥有不少发明成果的大科学家,已经意识到解决蓄电池"短命"问题的重要性:如果不延长蓄电池的供电时间,将会影响许多电器的利用。于是,爱迪生把研制新型蓄电池排上了工作日程。一旦确定了目标,爱迪生便把全部的精力投入到了工作中。

一天,爱迪生在家里正吃着饭,突然,他举着刀叉的手一下子僵在半空,面部表情呆滞。夫人对这种事早就见怪不怪了,知道他正考虑蓄电池的问题,便关切地问:"蓄电池'短命'的原因在哪里?"

"毛病出在内脏。要治好它的根,看来要给它开个刀,换器官。" 爱迪生边说边比划道。

面对一位不怀好意的记者的提问,爱迪生睿智地做了回答,赢得了众人热烈的掌声。

"大家不是都认为，制造蓄电池只能用铅和硫酸吗？"夫人脱口而出。

她想了想，对她的丈夫说这种话毫无意义。他不是在许多"不可能"之中创造了奇迹吗？于是，夫人连忙纠正道："世上没有不可能的事，对吗？"

爱迪生被夫人的这番话逗乐了："是啊，世界上没有什么不可能的事，我一定要攻下这个难关。"

经过反反复复的试验、比较、分析，爱迪生确认问题出在硫酸上。因此治好病根的方案与原来设想的一样：用一种碱性溶液代替酸性溶液——硫酸，然后找一种金属代替铅。当然这种金属应该会与选用的碱性溶液发生化学反应，并能产生电流。

问题看起来很简单，只要选定一种碱性溶液，再找一种合适的金属就行了。然而，实际操作起来却非常的困难。爱迪生和他的助手们夜以继日地做实验。实

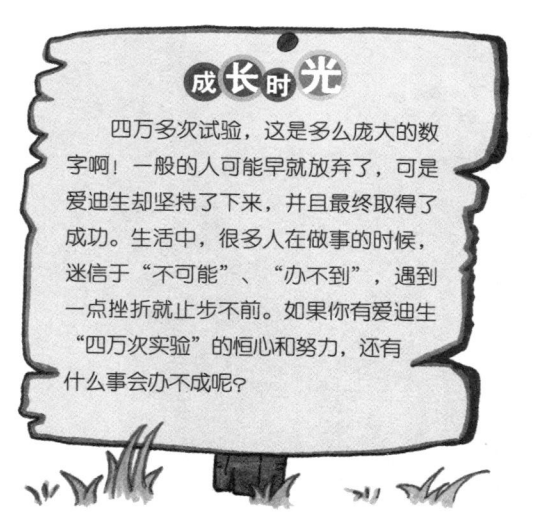

爱迪生和他的助手夜以继日地进行着不同的尝试，整整研究了三年。

验用了三年时间，爱迪生试用了几千种材料，做了四万多次的实验，可依然没有什么收获。

这时，一些冷言冷语也向爱迪生袭来，可爱迪生并不理会。他对自己的研究充满信心。

有一次，一位不怀好意的记者采访他时问道："请问尊敬的发明家，您花了三年时间，做了四万多次试验，有些什么收获？"

爱迪生笑了笑说："收获嘛，比较大，至少我们已经知道有好几千种材料不能用来做蓄电池。"爱迪生的回答，赢得了场下人们的一片热烈的掌声。那位记者也被爱迪生坚韧不拔的精神所感动，红着脸为他鼓起掌来。

正是凭着这种精神，爱迪生终于在1904年制成了世界上第一个镍铁碱电池。为了纪念爱迪生付出的辛勤劳动，人们又把镍铁碱电池称为"爱迪生蓄电池"。

成长时光

四万多次试验，这是多么庞大的数字啊！一般的人可能早就放弃了，可是爱迪生却坚持了下来，并且最终取得了成功。生活中，很多人在做事的时候，迷信于"不可能"、"办不到"，遇到一点挫折就止步不前。如果你有爱迪生"四万次实验"的恒心和努力，还有什么事会办不成呢？

苏格拉底收徒

苏格拉底是古希腊一位著名的哲学家。他一生没留下任何著作,但作为一个伟大的哲学家,苏格拉底对西方哲学产生了深刻的影响。苏格拉底很喜欢和年轻人在一起,在他的一生中,他招收了许多年轻人做弟子。

有一个年轻人听说苏格拉底很有学问,非常想做他的学生,于是便风尘仆仆地赶来向苏格拉底拜师。苏格拉底对这位年轻人说:"要想做我的学生也可以,不过得先经过我的一个测试。"

"我愿意接受任何测试。"这个年轻人兴冲冲地回答。

"好吧,请跟我来。"苏格拉底把年轻人带到一条河边,说,"请先跟我跳到河水里去。"年轻人心里很纳闷,但又不敢问,于是便顺从地跳进河水中。然后苏格拉底也跳进河中,上去抱住年轻人的头就往水里按,年轻人还没明白怎么回事就连被灌了几口河水。苏格拉底放开他,这年轻人抬起头刚站好,又被苏格拉底按到了水里,年轻人不敢反抗,只好继续灌水。可苏格拉底好像没有饶过他的意思,又猛地骑在年轻人的脖子上,继续不停地往下按,年轻人感觉再喝下去就要没命了。他顾不了那么多了,猛地把苏格拉底

苏格拉底紧跟着年轻人跳进水中,然后抱住年轻人的头就使劲往水里按。

年轻人爬上岸，大声质问苏格拉底是不是想把他淹死。

拉底的手拨开，爬上岸去，气呼呼地问："你为什么这样做？难道你想淹死我吗？"

"你想知道为什么是吗？"苏格拉底站在河中笑着问。

"当然！我又不会游泳，您把我按到河里是什么意思？"

苏格拉底爬上岸，慢条斯理地说："我希望我的学生有强烈的求知欲望，也要有足够的勇气置疑权威。年轻人，你敢置疑我的行为，符合了我收徒的条件，你问我为什么，说明你有强烈的求知欲。很高兴地宣布，你通过我的测试了。"后来，这个通过了考验的年轻人果然颇有建树。

苏格拉底很注重培养年轻人的优良品质。一天，苏格拉底带领几个弟子来到一块长满麦穗的田地边，对弟子们说："你们去麦地里摘一个最大的麦穗，而且选择麦穗时只许进，不许退。"

弟子们走进麦地，看看这一株，摇了摇头；看看那一株，又摇了摇头。虽然弟子们也试着摘了几穗，但并不满意，便随手扔掉了。他们总认为最大的麦穗还在前面呢。直到苏格拉底大喝一声："你们已经到头了！"弟子们才如梦初醒。苏格拉底说："地里究竟有没有最大的麦穗呢？"

弟子们说："肯定有。"苏格拉底点了点头："是的，但你们未必能碰到它。即使碰到了，也未必能做出准确的判断。"

"那么究竟怎样才能找到最大的麦穗呢？"

"最大的麦穗就是你们刚刚摘下的那一个。"弟子们听了老师的话，若有所悟：人的一生不也是在麦地里行走吗？有的人见到了一株颗粒饱满的麦穗，就不失时机地摘下它；有的人则东张西望，一再地错失良机。当然，理想固然是最高的追求，但把眼前的麦穗拿在手中，这才是实实在在的呀。

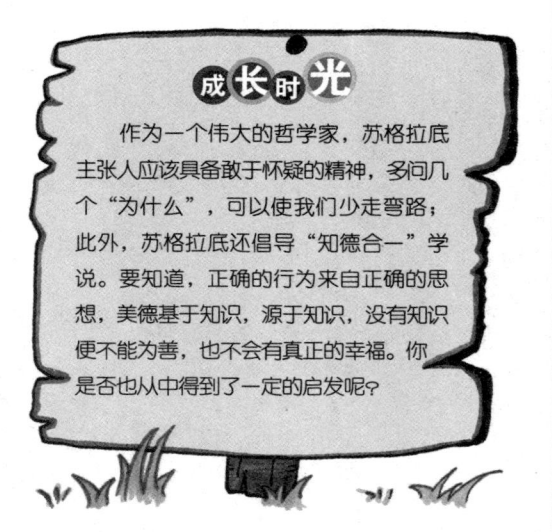

成长时光

作为一个伟大的哲学家，苏格拉底主张人应该具备敢于怀疑的精神，多问几个"为什么"，可以使我们少走弯路；此外，苏格拉底还倡导"知德合一"学说。要知道，正确的行为来自正确的思想，美德基于知识，源于知识，没有知识便不能为善，也不会有真正的幸福。你是否也从中得到了一定的启发呢？

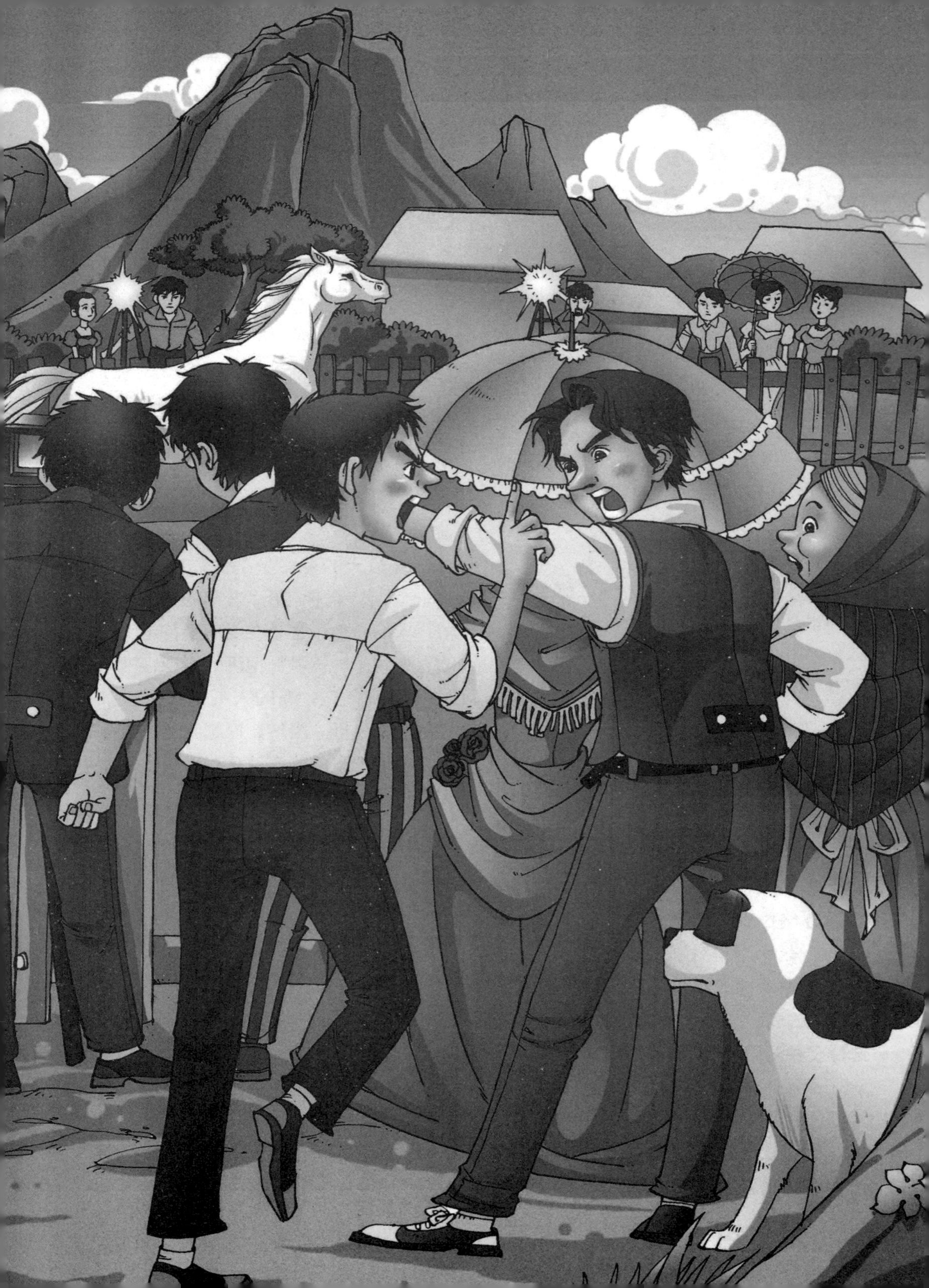

Part 3
第三章
发明故事

Invention Stories

  我们生活在日新月异的时代，不断地享受着新发明带给我们的欢乐和便捷。一项新发明的背后，往往隐藏着一个故事：能极大减轻病人痛苦的麻醉剂，它的发明灵感竟然来自于一个"江湖骗子"；莫尔斯走上科学发明的崎岖道路，原来是因为在海上经历了一次可怕的风暴；普利斯特里能揭开空气的秘密，还是得益于他小时候常常捉虫子玩……

  就连不锈钢、高压锅、微波炉等这些我们最熟悉不过的物品，也都藏着一个个动人的发明故事。本章就来为你详述这些发明的幕后故事，帮你认识那些刻苦钻研、勤于思考、勇于创新的发明家们。

"江湖骗子"传播麻醉剂

18世纪以前,由于没有麻醉剂,外科手术实施起来非常困难。而18世纪麻醉剂的发明,解决了这一难题。

现在手术室里使用的麻醉剂,是由英国科学家戴维、美国牙医霍勒斯·威尔斯、威廉·莫顿等人共同发明的,其中莫顿是把麻醉引用到外科手术中的主要人物。

1799年,英国科学家戴维发现氧化亚氮具有引人发笑的作用。有一次,他吸进这种气体后,感到身体变得轻快起来,挨了针刺也不觉得疼痛,而且这种气体还能使人精神振奋,忍不住想笑,过了好长时间才恢复正常。戴维将这种气体称为"笑气",他预言:这种气体可用于手术中,用来缓解疼痛。但当时没人敢用这种气体,也就没有引起人们的重视。

1844年,美国化学家考尔顿在研究了笑气对人体的催眠作用后,便带着它到各地演讲,进行催眠示范表演。人们当时都

一个观众吸了"笑气"之后,变得异常兴奋,还在台上摔了一个大跟头。

不知道"笑气"的底细，还以为考尔顿是个"江湖骗子"呢。

考尔顿在康乃狄克州的哈特福市演讲时，经常会请观众上台来，给他们吸入一些奇怪的气体。吸了气体的人就会变得手舞足蹈，令台下的观众大笑不止。

很快，考尔顿的演讲引起了美国牙医威尔斯和莫顿的注意。"笑气"的暂时麻醉作用激发了威尔斯和莫顿将"笑气"用于减轻拔牙手术时的疼痛的设想。经几次试验后，1845年1月，威尔斯在美国波士顿一家医院公开表演在麻醉下进行无痛拔牙手术。但由于他对"笑气"的性能并不完全了解，试验失败了。

从威尔斯的试验情况来看，莫顿断定氧化亚氮不足以有效地达到麻醉目的。他要另辟蹊径。查尔斯·杰克逊是一位学识渊博的医生和科学家，他建议莫顿尝试用乙醚做试验。

莫顿采纳了他的建议，想尝试一次。

1846年9月，一个疼痛难忍的病人冲进了莫顿的办公室，他牙疼得厉害，情愿接受能缓解拔牙之痛的任何疗法。莫顿便试着给他吸入了乙醚，然后开始拔牙。当病人恢复知觉时，惊喜地告诉莫顿自己在手术中居然没有感到疼痛！莫顿的试验成功了！

但是，莫顿的发现仍没有引起广泛的关注。莫顿为此大伤脑筋，他想请当时著名的外科医生约翰·瓦伦博士帮忙，当众做莫顿麻醉法的手术表演。瓦伦医生对麻醉剂也很感兴趣，欣然应允了。

1846年10月6日，在医院里一大群医生和医校学生的注目下，莫顿给一个外科

威尔斯吸了"笑气"后，让牙医朋友帮自己拔牙，以验证笑气的麻醉作用。

病人吉尔伯特·阿博特吸入乙醚，然后瓦伦博士给病人开颈取瘤。病人的疼痛确实减轻了很多，证明麻醉剂确实有效。这次表演获得了非凡的成功。这就是近代世界史上第一例成功的麻醉手术。

随后，这一表演马上见诸各大报纸的头版头条，麻醉剂因此名声大振，开始正式在医疗手术中广泛应用。

1880年，威廉·梅斯文改进了莫顿的麻醉方法。他通过导管使氯仿气体直接输入病人的气管。直到今天，乙醚和氯仿仍是全身麻醉最常用的麻醉剂。

成长时光

麻醉剂能减轻病人的痛苦，无疑是一项伟大的医学发明。但一项伟大的发明背后往往隐藏着一段艰辛的探索历程。麻醉剂从偶然被发现到正式得以应用，凝结了许多人的心血。我们应该学习科学家们严谨、求实的科学态度和不畏艰难、锲而不舍的创新精神，尽自己所能来提高自己的知识水平。

华佗治酒鬼

华佗是安徽省亳县人,生于公元2世纪初。他生活在东汉末年的三国初期,那时,军阀混乱,水旱成灾,疫病流行,百姓处于水深火热之中。

华佗非常痛恨作恶多端的封建豪强,十分同情受压迫受剥削的劳动人民。为此,他不愿做官,而是致力于医药的研究,救死扶伤。后来,他发明了世界上最早的麻醉剂——麻沸散。

你可能想象不到,华佗发明麻沸散的灵感竟然来自于一个酒鬼。

一天,华佗正在家里为病人看病。突然,有两个人抬着一个摔断了腿的年轻人前来诊治。病人的伤势十分严重,已经昏迷不醒了,必须马上进行手术。平时,华佗都会用绳子把做手术的病人捆住,因为手术会让人疼痛难忍。但眼下情况紧急,华佗就把这件事情忘得一干二净了。

手术进行得十分顺利,病人丝毫没有挣扎。等到手术完成之后,华佗才发现了自己忘了给病人绑绳索。

"这个年轻人为什么不会觉得疼

两个人抬着一个摔断了腿的年轻人来到华佗家里,情况紧急,需要马上进行手术。

呢？"华佗感到奇怪极了。突然，他闻到这个年轻人身上有浓重的酒味。华佗恍然大悟："一定是酒麻醉了他的神经，使他感觉不到疼痛的！如果能找到一种可以麻醉人的神经的药物，不就可以减轻病人在手术中的痛苦了吗？"

华佗从这个病人身上得到了启发，后来动手术时，他就叫病人喝酒来减轻痛苦。可是有的手术时间长，刀口大，流血多，光用酒来麻醉还是不能解决问题。

后来，华佗行医时又碰到一个奇怪的病人，病人早已不省人事，牙关紧闭，口吐白沫，紧握着拳头，躺在地上动弹不得。华佗仔细地观察他的神态，按他的脉搏，摸他的额头，一切都正常。他问病人过去患过什么疾病，病人的家人说："他向来身体健壮，什么疾病都没有，就是今天误吃了几朵臭麻子花，才病成这个样子的。"

华佗听了忙说："请找些臭麻子花拿来给我看看。"病人的家人把一棵连花带果的臭麻子送到华佗面前，华佗接过臭

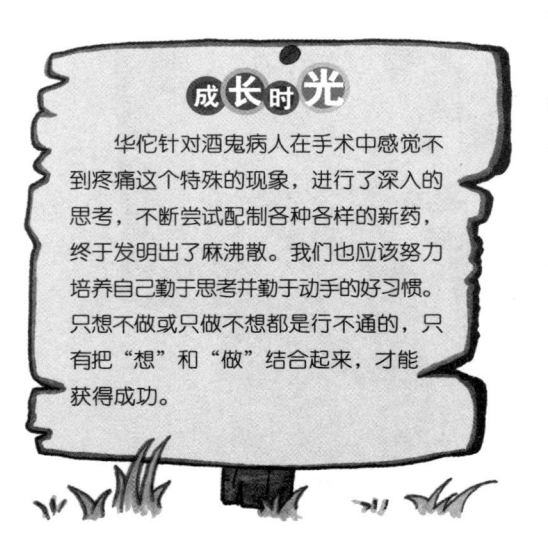

华佗搜集了大量的草药，并不断地尝试着将它们配制成麻醉药物。

麻子先是闻了闻，看了看，又摘了一朵花放在嘴里尝了尝，马上就觉得头晕目眩，满嘴发麻。

亲自尝过之后，华佗用清凉解毒的办法治愈了这名患者，临走时，他没收费用，而是要了一捆连花带果的臭麻子。

回到家后，华佗开始研究起臭麻子的药性来。他尝遍了臭麻子的叶、花和根，惊奇地发现，臭麻子果具有很好的麻醉效果。

后来，华佗又刻苦钻研医学古籍，并到处走访了许多医生，收集了一些有麻醉作用的药物，经过不断地配制，终于发明了麻醉药。后来，华佗又把麻醉药和热酒配制在一起，麻醉效果更好。因此，华佗给它起了个名字——麻沸散。

病人喝了麻沸散以后，会像睡着了似的，感觉不到一点疼痛。自从有了麻醉药，华佗的外科手术更加高明，治好的病人也更多了。

据史书记载，华佗曾用麻沸散给病人做过肿瘤切除、胃肠缝合等高难度的手术。但可惜的是，麻沸散的配方因战乱等原因并没有流传下来。

成长时光

华佗针对酒鬼病人在手术中感觉不到疼痛这个特殊的现象，进行了深入的思考，不断尝试配制各种各样的新药，终于发明出了麻沸散。我们也应该努力培养自己勤于思考并勤于动手的好习惯。只想不做或只做不想都是行不通的，只有把"想"和"做"结合起来，才能获得成功。

垃圾堆里"长"出不锈钢

今天，我们在生活中到处都能见到不锈钢制成的东西，如厨房里用的锅、刀、叉子等。因为不锈钢不会生锈，既美观又卫生，所以极大地方便了我们的生活。但你知道吗？不锈钢竟然是从废物堆中发现的呢！

20世纪初期，英国的枪支生锈现象非常严重。打仗的时候还好些，因为士兵天天擦枪膛，所以生锈的比较少；只要一不打仗，士兵懒得擦枪膛，就会锈掉一大批枪。一旦又打起仗来，就得更换一大批新枪，既费钱又费事。于是，前线指挥官责怪后勤部补给不力，后勤部责怪兵工厂造的枪质量太差，兵工厂又埋怨钢铁厂没出息。钢铁厂负责人挨了骂，就去请教冶金学家布里尔利，请求他尽快冶炼出不易生锈的金属来制作枪膛。

为了解决枪膛易生锈的问题，布里尔利决定先从枪膛所使用的型材着手研究。布里尔利想在一种普通的钢铁中加入某种金属，以增加钢的硬度，并用这种新

布里尔利正在实验室中专心地做试验，他使用了各种各样不同的金属。

布里尔利在清理废物堆的时候，意外地发现了不会生锈的金属。

的材料来制造枪膛。

从1913年开始，冶金学家布里尔利在实验室中不停地做实验。他使用了各种各样的金属材料，并把不同的金属互相混合调配，但做了很多次实验，都没有得到想要的那种金属。在1913年的一次研究过程中，布里尔利曾用铬金属加在钢中试验，但实验还是以失败告终，他只好失望地把它也抛在废铁堆里。

几年过去了，布里尔利还是没有成功。他每天都要把不合格的实验品搬出实验室，堆在一个角落里。时间长了那些被废弃的实验品已经堆成了一座小山。由于堆在室外，风吹日晒加雨淋，所以，几年过后，那一堆废旧钢铁都生锈了，地上也尽是些铁锈。

看着让自己的努力化为泡影的这堆失败的实验品，布里尔利沮丧极了。他决定把这些钢铁扔掉，可就在布里尔利和他的助手清理这些"垃圾"的时候，他在这堆锈迹斑斑的钢铁中看到了一块与众不同的合金。这块材料不但没有生锈，而且还泛着闪亮的金属光泽呢！

这一发现让布里尔利兴奋不已，他马上将这块材料拿去实验室化验，发现这块合金中所含的不同的金属的比例为：碳0.24%，铬12.8%，其余的都是铁。布里尔利高兴极了，马上向外界宣布了他的这个大发现，不锈钢也就从此诞生了。

布里尔利研制出来的不锈钢在任何情况下都不易生锈，且不易被酸碱所腐蚀。但是，由于生产不锈钢的原料太贵、质地太软，军队并没有采用它制作枪膛。

为了推广这一新的型材，布里尔利只好与别人合办了一个生产不锈钢器具的工厂，生产不锈钢餐具。实践证明，不锈钢餐具比铁制餐具更卫生、更漂亮，也更耐用，所以不锈钢餐具上市没多久就风靡了全欧洲，而"不锈钢"一词也不胫而走。

1916年，布里尔利获得了英国专利权，并开始大量生产不锈钢制品。从此，从垃圾堆中偶然发现的不锈钢便风靡了全球。人们为了感谢布里尔利的杰出贡献，把他誉为"不锈钢之父"。

成长时光

也许你会觉得布里尔利真幸运，竟然能在垃圾堆中发现不锈钢。但你是否想过，如果不是布里尔利对不生锈金属的研究，并反复不断地做实验，恐怕让他经过垃圾堆一万次，他也发现不了不锈钢。因此，任何发明的背后，都需要有强烈的信念和持久的恒心作为动力，将人引向发明创新之路。

李林塔尔学鸟飞行

人类早就幻想着飞上蓝天,但很多尝试都失败了。古希腊神话中记载了这样一个故事:有一个叫底达罗斯的工匠,为了逃脱国王对他的囚禁,偷偷地用蜡和羽毛制成了巨大的翅膀,然后把它安装在双臂上,带着儿子伊卡诺斯飞返故乡。途中,伊卡诺斯因飞得离太阳太近,阳光把蜡熔化了,结果他们掉到大海里淹死了。

李林塔尔从小就立志要飞上蓝天。

而滑翔机的发明,可以说初步实现了人类这一美好愿望,对此贡献最大的是德国的工程师和滑翔飞行家李林塔尔。

1848年5月24日,奥托·李林塔尔出生在德国距波罗的海不远的一个小镇上。同其他伟大的发明家一样,李林塔尔从小就对自然界的一切充满了好奇,有着强烈的求知欲,特别是对那些展翅高飞的海鸟更是心驰神往。在他的家乡,每年夏秋两季总有成群结队的鹳。这些鹳从非洲飞来,冬天又飞回非洲。

有一次,李林塔尔和他的弟弟古斯塔夫一起去看鹳。在蓝天白云之间,许多鹳正在展翅飞翔,有的正直上云霄,有的正徐徐滑翔……古斯塔夫望着天空,好奇地问:"哥哥,鹳为什么会飞?"

"因为它们有翅膀呀。"李林塔尔不假思索地回答。

"那如果我们造一个翅膀装在身上,会不会飞起来呢?"古斯塔夫又问。

"我想一定可以的。"李林塔尔坚定地说。李林塔尔自小就坚定地认为：鸟能飞行，人也一定能飞起来。

为了证明自己的设想，年幼的李林塔尔开始了飞行的尝试。李林塔尔和比他小一岁的弟弟在镇上的各个角落捡鸟羽毛，收集起来后把它们粘在几块薄木板上，做成了两对"翅膀"。

天黑以后，小兄弟俩就偷偷地跑到一个空旷的阅兵台上。他们试着像鸟儿那样，一边快速奔跑，一边用尽全力地扑打捆在双臂上的"翅膀"，试图飞上天空，但是，他们试了很多次，却都失败了。

但李林塔尔并不灰心，他立志一定要飞起来！后来，李林塔尔从柏林技术学院毕业以后，成了一家机械厂的工程师。这时，他和弟弟古斯塔夫已经具备了制造飞行器的条件，李林塔尔选择了进行滑翔实验飞行这条道路。为了设计出最理想的飞行器，李林塔尔和古斯塔夫常年坚持悉心观察鸟的飞行原理，仔细研究各种鸟类的翅膀结构和飞翔的方法。

后来，李林塔尔模仿鸟翼，制造了许多架滑翔机，随后又呕心沥血地不断改进他的滑翔机。至此，他已经积累了丰富的操纵和滑翔方面的经验。

1891年，李林塔尔兄弟制造出一架翼展5.5米的双翼滑翔机。李林塔尔身背着这个"大鸟"顺着山坡疾跑几步，借着风力，这架滑翔机终于腾空了，它第一次升到比起飞点更高的空中，在人类滑翔史上，写下了辉煌的第一页。

但李林塔尔并不满足已有的成绩，他继续坚持不懈地继续做滑翔试验。1891年~1896年，他的飞行试验次数多达2000次。随后的几年，李林塔尔制作的滑翔机飞得越来越好。

1896年4月9日，李林塔尔在一次滑翔机试验中，因滑翔机意外摔毁，为飞行梦想而献出了自己宝贵的生命。李林塔尔是世界航空先驱者之一，因其在滑翔机方面的杰出贡献，被人们誉为"滑翔机之父"。

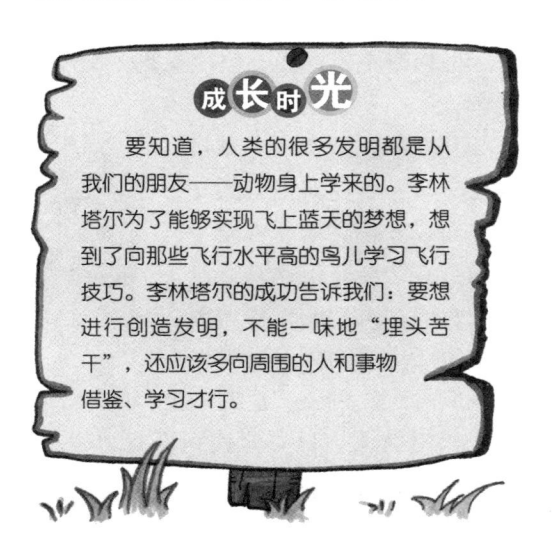

李林塔尔和弟弟饲养信天翁、鹅等，以研究它们的飞行技巧。

成长时光

要知道，人类的很多发明都是从我们的朋友——动物身上学来的。李林塔尔为了能够实现飞上蓝天的梦想，想到了向那些飞行水平高的鸟儿学习飞行技巧。李林塔尔的成功告诉我们：要想进行创造发明，不能一味地"埋头苦干"，还应该多向周围的人和事物借鉴、学习才行。

列文·虎克化验"上帝之水"

列文·虎克是17世纪著名的科学家，他于1632年10月出生在荷兰的一个小城。列文·虎克从小就对生物学非常感兴趣，喜欢大自然中的一草一木、鸟兽虫鱼。

1654年，列文·虎克结束了6年的地毯铺的学徒生涯后，先是在一家店铺里当过簿记员，后来成了市政府的看门人，一干就是39年。列文·虎克兴趣广泛、心灵手巧，又非常有耐心。他常利用业余时间磨制透镜，并于1665年研制出了世界上第一台显微镜。

从此，列文·虎克开始用显微镜来观察一些肉眼很难看清楚的东西，比如苍蝇的翅膀、蜘蛛的脚爪等等，显微镜下所展示的微观世界令他兴奋不已，他不停地观察、记录着。

1673年，列文·虎克将自己辛辛苦苦观察记录的材料整理成一篇文章，寄给了英国皇家学会。但这篇文章并没有引起人们的重视，因为文中所描述的微观世界谁也没有见过。列文·虎克有些沮丧，但他认为只要能找到更有力的证据，就能让人们相信精彩的微观世界。于是，他继续用显微镜观察着各种动植物。

1675年的一天，天空忽然下起了滂沱大雨。列文·虎克停下工作，眺望着从天飞落的"上帝之水"。忽然，他萌生了一个念头：用显微镜来看看雨水里有什么东西。于是，他跑到屋檐边，用吸管在水坑

列文·虎克正在用显微镜化验苍蝇的翅膀。

里取了一些雨水，滴了一滴在显微镜下，仔细观察了起来。

"雨水里面有活的生物？这是怎么回事？"列文·虎克不禁大叫起来。原来，他看到雨水里有无数奇形怪状的小东西在蠕动。起初，他认为是自己眼睛过于疲劳而造成的错觉，便揉了揉发涩的眼皮再看，结果仍与刚才一样。他感到十分震惊，连忙大声呼唤自己的女儿。

"孩子，快来看看我发现了什么！"

女儿凑到显微镜跟前一看，惊奇地叫道："哎呀，这是什么东西啊？跟童话里的'小人国'一样。"

雨水里有许多微型生物，那么其他东西里有没有呢？于是，列文·虎克又从自己的牙齿上刮下一点牙垢，放在显微镜下观察，结果也看到了"小居民"；接着，列文·虎克又取来一些泥土，用刚取的雨水搅拌后，放在显微镜下，结果也看到了许多微生物。列文·虎克高兴极了，马上将这些实验记录写成一篇报告，并寄给了英国皇家学会。

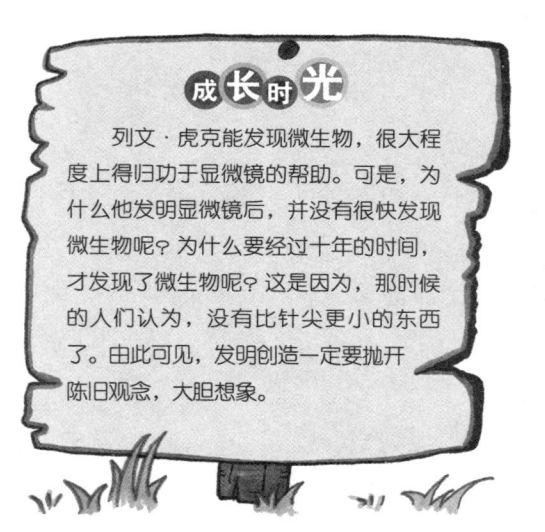

列文·虎克和女儿发现雨水里竟然有很多"小居民"。

列文·虎克的这篇实验报告轰动了整个英国学术界。人们对此议论纷纷，但因为没有亲眼见过，大部分科学家还是不肯相信列文·虎克的研究成果。好在当时英国皇家学会具有严格的验收科技成果的规定，不允许学会成员草率地否定任何研究成果。所以，英国皇家学会派出了一支由12名科学家组成的考察团，他们乘船来到了列文·虎克的家乡——荷兰的德尔夫特。

在列文·虎克发明的显微镜下，科学家们终于亲眼看到了水中的微生物。他们激动万分，并就此向英国皇家学会提交了书面报告，报告称："列文·虎克在他的小实验室里创造了奇迹！"

列文·虎克的发现在整个科学界引起了轰动，他发现的"小居民"就是后来人们所说的各种微生物和细菌。通过列文·虎克的这一发现，人们看到了一个神奇的微观世界。由于列文·虎克在医学和生物学领域的杰出贡献，1680年，他被选为英国皇家学会的会员。

成长时光

列文·虎克能发现微生物，很大程度上得归功于显微镜的帮助。可是，为什么他发明显微镜后，并没有很快发现微生物呢？为什么要经过十年的时间，才发现了微生物呢？这是因为，那时候的人们认为，没有比针尖更小的东西了。由此可见，发明创造一定要抛开陈旧观念，大胆想象。

莫尔斯遭遇风暴

1832年10月1日，一艘名叫"萨丽号"的邮船，满载旅客，从法国北部的勒阿弗尔港出发，驶向浩瀚的大西洋，前往纽约。途中，船受到风暴的袭击，在波峰浪谷中疯狂颠簸着。许多人晕船，乘坐这艘船的美国著名画家莫尔斯也觉得浑身不舒服。当时莫尔斯已经41岁了，在法国学了3年绘画后坐船返回祖国。

"遇到风暴，如何从船上发出讯息？"莫尔斯与船长聊了起来。

"毫无办法！"船长说，"只能听天由命了。航海英雄哥伦布在一次横渡大西洋的远航中，他船上的食物全部霉烂了。哥伦布情急之下，抱着侥幸的心理，写了一封求援信，塞进密封的椰壳里，然后将它投入大海，指望海水能把这封信送到西班牙。但是，当哥伦布历经千难万险，返回西班牙时，才知道国内根本就没有收到那封求援信。连哥伦布都无可奈何，我又能怎么样呢？"

"的确，茫茫大海，音信不通，实在太可怕了。"莫尔斯也发出了同样的感慨。

旅途中，莫尔斯结识了一位名叫杰克逊的电学博士。闲聊中，杰克逊谈到了电磁感应现象。

"什么叫电磁感应？"显然，莫尔斯对此很感兴趣。

杰克逊从旅行袋中取出一块马蹄形的铁块以及电池等，组成了一块简易的电磁铁。他解释道："这就叫电磁铁。在没有通电的情况下，它没有磁性；通电后，它就有了磁性。"

发生风暴后，莫尔斯与船长聊了起来。

"这真是太神奇了！"莫尔斯仿佛看见了一个奇妙无比的新天地。

杰克逊还说："实验证明，不管电线有多长，电流都可以神速地通过。"这句话启发了莫尔斯，他想，既然电流可以瞬间通过导线，那能不能用电流来进行远距离传递信息呢？莫尔斯为这个想法兴奋不已，他开始对电磁学产生了浓厚的兴趣，并决定改行投身于电学研究领域。

从此，莫尔斯走上了科学发明的崎岖道路。没有电学知识，他便如饥似渴地学习。遇到自己不懂的问题，他便向电学专家请教。他还把自己的画室改成了电学试验室，画室里堆满了电线、电池、电磁铁等实验设备。可是，由于莫尔斯的试验花光了他所有的积蓄，1836年，他不得不重操旧业，担任了纽约大学美术及设计教授，以维持生计。但他并没有放弃自己的计划，而是把教学之余的大半精力都投入到了电报机的研究和设计上。

后来，莫尔斯发现在电线中流动的电流在电线突然截止时会迸出火花，从中得到了启发：如果将电流截止片刻发出的火花作为一种信号，电流接通而没有火花作为另一种信号，电流接通时间加长又作为一种信号，这三种信号组合起来，就可以代表全部的字母和数字，文字不就可以通过电流在电线中传到远处了吗？经过几

杰克逊正在向莫尔斯讲解电磁感应现象。

年的研究，1837年，莫尔斯设计出了电信史上最早的电码，它是利用不同的点、横线和空白组成的，后人称其为"莫尔斯电码"。在此基础上，1837年，莫尔斯研制成功了第一台电报机。

1844年，莫尔斯申请并得到了美国国会3万美元的实验经费，他在华盛顿与巴尔的摩两个城市之间架设了一条长约64千米的电报线路。1844年5月24日，在华盛顿国会大厦联邦最高法院会议厅里，莫尔斯无比激动地向巴尔的摩发出了世界上第一份电报。

莫尔斯终于成功了，电报的发明揭开了人类电子通信的新篇章。

成长时光

中国有句古话："有志者，事竟成。"莫尔斯原本是一个著名画家，但当他在一次航行中遭遇风暴后，竟毅然决定放弃自己已经有所成就的事业，去开辟一个自己非常陌生、但充满无限希望的领域。这是多么坚强的意志啊！如果你也想有所发明创造的话，就像莫尔斯那样去勇敢地开拓创新吧。

帕潘煮熟高原土豆

1680年的一天，英国皇家学会里正举行着一场有趣的表演：昔日庄严肃穆的科学殿堂变成了一座"厨房"，一大群科学家正围着一位"厨师"，看他煮肉……别以为这是滑稽电影里的一幕，这可是千真万确的。

这位"厨师"名叫帕潘，其实他并不是厨师，而是一位法国物理学家。帕潘做饭用的锅有些特别，锅盖与锅体是紧紧旋在一起的。帕潘在锅里放满了生肉，加入水和作料，就旋紧盖子烧煮起来。不一会儿工夫就香味四溢，令人垂涎。

帕潘打开锅盖，不但肉已熟透，连骨头都酥软了。

这真是令人难以置信的奇迹！大家一边品尝，一边对这只不寻常的锅赞叹不已。

这只神奇的锅叫做高压锅，是帕潘在一年前研制成功的。

工作之余，帕潘很喜欢和朋友一起去登山。有一次，帕潘又和朋友一起去郊外登山，但这次在山上逗留的时间比预期的要长，而大家所带的食品都已经吃完了，只剩下几个土豆。帕潘不得不煮土豆充饥。大家早已是饥肠辘辘了，可土豆煮了很久都没有煮熟。

帕潘怎么也想不通，回去后就去请教科学家波义耳。波义耳告诉他：大气压力和水的沸点之间存在着直接的

在高山上，土豆怎么都煮不熟，帕潘感到奇怪极了。

关系。气压高时，水的沸点也高；气压低时，水的沸点也低。高山上大气稀薄，气压低，水的沸点也低，虽然水开了，但热力不足，所以土豆没有煮熟。

波义耳的话使帕潘想到了不久之前的一次实验，实验中他被蒸汽烫伤了，那次蒸汽的温度特别高，帕潘一直在琢磨其中的原因。现在他明白了，原来那次加热水的容器是密封的，水在沸腾的时候受到了压力，沸点升高了，所以蒸汽才会格外烫。

为了证实自己的判断，帕潘马上开始进行实验，他亲手制作了一个密封的容器，在里面装了一些水，在容器的底部不断地加温，使容器内的压力不断增加，里面的水在较短的时间内就煮沸了，并且很快超过了100℃。就这样，帕潘发明了一个能在空气稀薄的地方煮熟东西的装置。

可帕潘并不满足于此，他想，如果把这种装置应用在日常生活中，或许煮肉、骨头等食品时就会更加方便快捷。1679年，帕潘发明了通过产生蒸汽热量而

帕潘想到，在不久前的一次实验过程中，他被一股很热的蒸汽烫伤了。

快速烹调食品的密封锅。当时这种锅就以发明者的名字命名，叫"帕潘煮锅"或"消化锅"，也就是我们常说的高压锅。此外，为了控制高压锅内的压力，保证使用者的安全，帕潘又进一步设计发明了高压锅上专用的安全阀。

帕潘压力锅用生铁制成，有密封的锅盖，可将水加热成很热的蒸汽，其温度高达130℃。温度越高，渗透到食物中的速度越快，从而大大缩短了人们的烹调时间。

高压锅问世的消息很快就传到了英国，英国的贵族非常感兴趣，于是请帕潘前来访问英国，并请他用他的高压锅作了一次表演。据记载，当时尝过高压锅煮熟的东西的人都惊奇不已，因为在帕潘的高压锅里，就是再坚硬的骨头，也会被煮得很酥软。

后来，经过人们的不断改进，高压锅越来越快捷，也越来越安全。现在高压锅已经成了世界通用的便捷炊具，是我们厨房里的好帮手。

成长时光

你从帕潘发明压力锅的故事中得到什么启示了吗？帕潘在遇到新问题的时候能够谦虚地请教别人，并积极地动脑思考，才发明出了高压锅。自以为是的人永远也找不到成功的门路。要想获得成功，不仅要独立思考，刻苦钻研，也要虚心向精通这方面学问的人请教，才能事半功倍、早出成果哦。

普利斯特里"养"甲虫

约瑟夫·普利斯特里是18世纪英国著名的化学家，于1733年出生在英格兰。

普利斯特里9岁时，因家庭贫困，被送给姑妈做养子。每天放学后，聪明的普利斯特里总能提前做完作业，这样他就有了玩耍的时间。他背着姑姑去捉甲虫、蜘蛛和各种小昆虫，并且把它们装到瓶子里，把瓶口紧紧塞住，有时还用蜡封住。

普利斯特里的这个小秘密只有他的弟弟蒂莫西知道，每当弟弟来找他时，他俩就关在屋子里一起玩。

普利斯特里把装小甲虫的瓶子盖得紧紧的，以观察它们的生命力。

"看，这个带十字勋章的小甲虫，它关在瓶子里已经活了15天了。"普利斯特里给他的小昆虫都做了不同的记号，并细心观察着它们各自的生命力。蒂莫西不明白哥哥为什么要这么做。

"我只是想知道，它们在密封的容器中能活多久。还有，瓶子里分明有空气，为什么它们还是会憋死呢？"蒂莫西这才明白原来哥哥在进行一个有趣的实验。

后来，普利斯特里在神学院毕业后

普利斯特里发现了一种奇怪的气体，它可以让快憋死的小甲虫活过来。

成了一名牧师。他利用业余时间研究了文学、语言学等，并相继对物理学和化学产生了浓厚的兴趣。

在化学领域，普利斯特里带着小时候未解的谜团，开始研究有关空气的问题。例如，封闭容器中本来有空气，昆虫为什么不能长期活下去？

普利斯特里联想到学生时代他参观啤酒厂时，发现有一种能使燃着的木条立刻熄灭的空气，而这种空气就存在于发酵车间内盛啤酒的大桶里。因此，他怀疑是不是存在着很多种空气，而非人们统称的一种空气。

为了弄清这些问题，普利斯特里进行了多次实验。例如，他点燃一根蜡烛，把它放到预先放有小老鼠的玻璃容器中，然后盖紧容器。他发现：蜡烛只燃烧了一会儿就熄灭了，而小老鼠也很快就死了。普利斯特里设想空气中大概存在某种燃烧时会污染空气的物质。

普利斯特里进一步想到，动物在受污染的空气中会死去，那么植物又会怎样呢？于是，他把一盆花和一支燃烧着的蜡烛放在密封的玻璃罩内，可当蜡烛熄灭几小时后，植物却看不出什么变化。而且，次日早晨他还意外地发现，花不仅没死，而且长出了花蕾。

难道植物能够净化空气吗？为了验证这一想法，他点燃了一支蜡烛，并迅速放入罩内。蜡烛果然正常燃烧着，过了一段时间才熄灭。

当时，科学家们把一切气体统称为空气。为了确定究竟有几种空气，普利斯特里曾多次重复自己的实验。他认为，在啤酒发酵、蜡烛燃烧以及动物呼吸时产生的气体，就是早先人们所称的"固定空气"（即二氧化碳）。他对这种"固定空气"的性质做了深入研究，结果证明，植物吸收"固定空气"可以放出"活命空气"（即氧气）。他还发现"活命空气"既可以维持动物呼吸，又能使物质更猛烈地燃烧。

此后多年，普利斯特里一直在致力于气体研究，并写成了《论各种不同的气体》一书，大大丰富了气体化学。

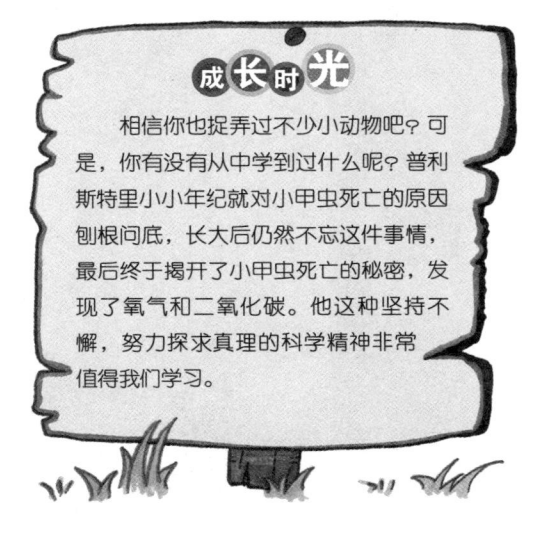

成长时光

相信你也捉弄过不少小动物吧？可是，你有没有从中学到过什么呢？普利斯特里小小年纪就对小甲虫死亡的原因刨根问底，长大后仍然不忘这件事情，最后终于揭开了小甲虫死亡的秘密，发现了氧气和二氧化碳。他这种坚持不懈，努力探求真理的科学精神非常值得我们学习。

巧克力熔化引出的微波炉

在众多的科技产品当中，微波炉的发明彻底改变了现代人的饮食习惯和烹饪方式。用微波炉烹饪食物，不仅速度快，节能省电，而且还不会冒烟，可以保持厨房的清洁。但你可能想不到，微波炉的创意竟然是从一小块熔化了的巧克力想出来的呢。

微波炉的发明者是美国的工程师斯宾塞。斯宾塞于1921年生于亚特兰大城，1939年，他进入美国潜艇信号公司工作，开始接触各类电器，稍后又进入了雷声公司任工程师。

在短短的几年内，斯宾塞先后完成了一系列重大发明。1940年，斯宾塞和英国科学家共同研究制造了磁控管，这是一种雷达微波能源。在一个偶然的机会，斯宾塞萌生了发明微波炉的念头。

1945年的一天，斯宾塞去参观实验室，当他站在一台驱动雷达的磁控管前进行研究时，觉得身体有热感。这时，刚好他觉得肚子有点饿，于是就想拿出早上放在上衣口袋中的巧克力来吃，但他却意外地发现，巧克力不知道什么时候已经熔化

斯宾塞意外地发现口袋中的巧克力竟然熔化了。

了，变得黏糊糊的。

跟斯宾塞一起来的人都认为是实验室里面太热了，才使巧克力熔化的。斯宾塞却没有这样想，他仔细地思考了这件事情，并认真地观察了周围的环境，忽然看到了正在发射强大电磁波的雷达。"是不是磁控管发出的微波使巧克力熔化的呢？"想到这里，斯宾塞马上做起了实验。

斯宾塞把玉米粒放在波导喇叭前，发现玉米粒也慢慢变热了。接着，斯宾塞又把鸡蛋也放在波导喇叭前，结果鸡蛋受热后突然爆炸，黏液溅了他一身。这一系列发现使得斯宾塞备受鼓舞，更加坚定了微波能使物体发热的想法。

随后，斯宾塞向雷声公司提交了他的新发现：用微波加热食物，可以使食物的里外同时受热，而且更节省热量和时间。雷声公司大受启发，决定研制出一种能用微波热量烹饪的炉具。

几个星期后，一台简易的微波炉制成了。斯宾塞在微波炉的炉内安装了磁

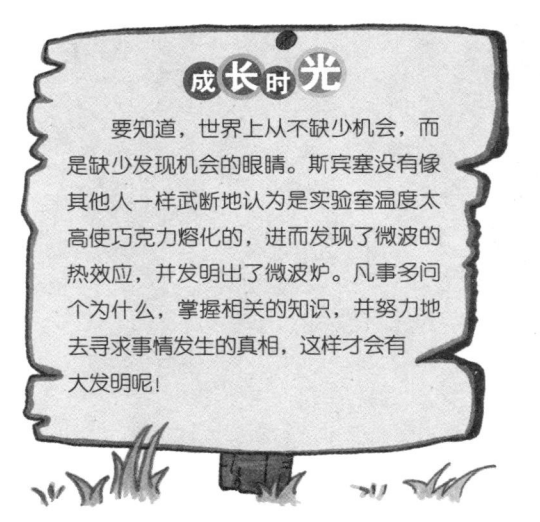

斯宾塞发现了微波具有热效应，并动手制作出了一个可以利用微波来烤肉的厨具。

控管，磁控管能产生每秒钟24.5亿次的微波，这些微波能穿透食物，并使食物的水分子也每秒钟振动24.5亿次，正是这些剧烈的运动使得食物产生了大量的热能。经过微波炉"转动"过的食物能散发出诱人的香味。

微波炉研制成功后，斯宾塞用姜饼做烹饪试验。他一次次地把姜饼放入微波炉，然后不断改变磁控管的功率，以确定烹饪的最佳温度。多次试验之后，姜饼的香味飘了出来，斯宾塞的试验成功了！

1847年，雷声公司推出了第一台家用微波炉。不过，由于斯宾塞发明的微波炉价格昂贵，体积太大，较为笨重，而且使用寿命过短，所以并没有得到大范围的推广。

直到1965年，斯宾塞跟厂商针对第一代的微波炉进行了改良，推出了更耐用而且价格低廉的微波炉。1967年，微波炉新闻发布会兼展销会在芝加哥举行，获得了巨大成功。从此，微波炉逐渐走入了千家万户。由于微波炉烹饪食物快捷方便，而且味道独特，被称为"妇女的解放者"。

成长时光

要知道，世界上从不缺少机会，而是缺少发现机会的眼睛。斯宾塞没有像其他人一样武断地认为是实验室温度太高使巧克力熔化的，进而发现了微波的热效应，并发明出了微波炉。凡事多问个为什么，掌握相关的知识，并努力地去寻求事情发生的真相，这样才会有大发明呢！

琴纳借牛治人

过去的几千年里，天花是危害人类最严重的传染病之一。据统计，16世纪，墨西哥约有350万人死于天花；17世纪，欧洲各国每年都有几万人死于天花。

天花的死亡率很高，传播面广，就算侥幸不死，患者也会留下满脸的麻子，严重的还会落下失明、耳聋等残疾。最可怕的是，为了防止天花传播开来，很多地方残忍地将染上天花的人杀死、焚尸并深埋。琴纳亲眼目睹了这种给病人类带来的灾难，从小就立志将来一定要成为医生，彻底根治这种疾病。

琴纳出生于英国格洛斯特郡的一个牧师家庭，13岁起便跟随一位外科医生学医。8年后，他开始跟着当时最著名的医学家约翰·亨特学医。后来，26岁的琴纳回到家乡当了一名乡村医生，他一边行医，一边研究治疗天花病的方法。

有一天，一位在奶牛厂负责挤奶的姑娘来看病，琴纳检查之后，告诉她说："你得的是天花，一定要特别小心！"这位姑娘很难过，但琴纳当时也无能为力。几天后，琴纳又偶然碰见了那位姑娘。令他感到意外的是，这位姑娘竟然在没经过任何治疗的情况下就痊愈了。

琴纳对这位姑娘的幸免于难感到振奋，他想，说不定天花也有克星。于是，琴纳开始翻阅大量的病历资料。通过统

琴纳告诉挤奶姑娘，她染上了天花。

琴纳发现，患天花的人中，侥幸存活下来的几乎都是挤奶工或是在养牛场工作的人。

计，他发现在患天花的人中，侥幸存活下来的几乎都是挤奶工或是在养牛场工作的人。于是，琴纳来到奶牛场，仔细调查牛感染天花的情况。

琴纳发现，牛对天花的抵抗力比人要强得多，牛感染天花后，只是身上长出脓包（即"牛痘"）而已，并不会死。而挤奶的人在无意中碰破这些脓包，也会长出牛痘，之后会感到不舒服，不过几天就好了，而且再也不会得天花。

这给了琴纳很大的启发，他想，要是从牛身上获取牛痘脓浆，接种到人体内，说不定可以预防天花。1796年5月的一天，琴纳从这位挤奶姑娘的手上取出微量牛痘疫苗，接种到一个8岁男孩的胳臂上。不久，种痘的地方长出痘疱，接着痘疱结痂脱落。一个多月后，琴纳在这个男孩胳臂上再接种人类的天花痘浆，竟没有出现任何天花病征。

试验证明：这个男孩已经具有抵抗天花的免疫力，琴纳的假设被证实了。琴纳为了确定这个男孩是否还会得天花，又把天花病人的脓液移植到他肩膀上，在当时，这样做是要冒很大风险的，但令人振奋的是，这个男孩没有再得天花。牛痘疫苗的诞生意味着人类从此获得了抵御天花的有效武器。

但不幸的是，英国皇家学会有些科学家不相信一位乡村医生能制服天花。英国皇家学会拒绝刊印琴纳的《牛痘的成因与作用的研究》一文；当时医学界怀疑他的发现；教会里也有人指责说："接触牲畜就是亵渎造物主的形象。"媒体也趁火打劫，报纸上不断地出现接种牛痘的负面报道。无情的诽谤和攻击，使琴纳无力招架，但他深信真理必胜。直到1801年，接种牛痘的技术才在欧洲许多国家推广开来。

牛痘接种的成功，为免疫学开创了广阔的领域，在国际上，琴纳赢得了极大的赞誉。人们把琴纳誉为伟大的科学发明家和人类生命的拯救者。不仅如此，琴纳的伟大发现开创了接种法的先河，所有现代接种法都是从牛痘接种法的基础上发展而来的。

成长时光

琴纳是用什么方法发现对付天花的"灵药"的呢？他运用的是一种逆向思维，也就是由结果来倒推原因。他最先想到了能对抗天花的动物——奶牛，然后把牛痘接种在人的身上，问题很快就解决了。当你遇到解不开的麻烦时，可别一味地钻牛角尖儿，不妨试一下逆向思维法。

图书在版编目（CIP）数据

中国学生成长必读的100个经典好故事. 智慧卷／龚勋主编. —汕头：汕头大学出版社，2012.1（2021.6重印）
ISBN 978-7-5658-0547-9

Ⅰ．①中… Ⅱ．①龚… Ⅲ．①故事－作品集－世界 Ⅳ．①I14

中国版本图书馆CIP数据核字（2012）第008847号

中国学生成长必读的100个经典好故事（智慧卷）

ZHONGGUO XUESHENG CHENGZHANG BIDU DE 100 GE JINGDIAN HAO GUSHI ZHIHUI JUAN

总策划	邢 涛	印 刷	唐山楠萍印务有限公司
主 编	龚 勋	开 本	705mm×960mm 1/16
责任编辑	胡开祥	印 张	10
责任技编	黄东生	字 数	150千字
出版发行	汕头大学出版社	版 次	2012年1月第1版
	广东省汕头市大学路243号	印 次	2021年6月第7次印刷
	汕头大学校园内	定 价	34.00元
邮政编码	515063	书 号	ISBN 978-7-5658-0547-9
电 话	0754-82904613		

● 版权所有，翻版必究 如发现印装质量问题，请与承印厂联系退换